暴风雨

[英]威廉·莎士比亚 ◎ 著　　朱生豪 ◎ 译

图书在版编目（CIP）数据

暴风雨 /（英）威廉·莎士比亚著；朱生豪译.
成都：四川大学出版社，2024.9. -- ISBN 978-7-5690-7349-2

Ⅰ.Ⅰ561.33

中国国家版本馆 CIP 数据核字第 20241RV127 号

书　　名：	暴风雨
	Baofengyu
著　　者：	［英］威廉·莎士比亚
译　　者：	朱生豪

责任编辑：余　芳
责任校对：喻　震
装帧设计：曾冯璇
责任印制：李金兰

出版发行：四川大学出版社有限责任公司
　　　　　地址：成都市一环路南一段 24 号（610065）
　　　　　电话：（028）85408311（发行部）、85400276（总编室）
　　　　　电子邮箱：scupress@vip.163.com
　　　　　网址：https://press.scu.edu.cn
印前制作：人天兀鲁思（北京）文化传媒有限公司
印刷装订：北京文昌阁彩色印刷有限责任公司

成品尺寸：145mm×210mm
印　　张：7
字　　数：139 千字

版　　次：2025 年 1 月 第 1 版
印　　次：2025 年 1 月 第 1 次印刷
印　　数：1-3000 册
定　　价：68.00 元

本社图书如有印装质量问题，请联系发行部调换

版权所有 ◆ 侵权必究

四川大学出版社
微信公众号

目 录

暴风雨

第一幕
第一场　在海中的一只船上。暴风雨和雷电 3
第二场　岛上。普洛斯帕罗所居洞室之前 6

第二幕
第一场　岛上的另一处 28
第二场　岛上的另一处 43

第三幕
第一场　普洛斯帕罗洞室之前 51
第二场　岛上的另一处 55
第三场　岛上的另一处 62

第四幕
第一场　普洛斯帕罗洞室之前 67

第五幕
第一场　普洛斯帕罗洞室之前 79
尾声 92

冬天的故事

第一幕

第一场　西西里。列昂特斯的王宫..................99

第二场　同前。宫中大厅..........................101

第二幕

第一场　西西里。宫中一室........................119

第二场　同前。狱中外室..........................127

第三场　同前。宫中一室..........................129

第三幕

第一场　西西里海口..............................138

第二场　西西里。法庭............................139

第三场　波希米亚。沿岸荒乡......................148

第四幕

引子..154

第一场　波希米亚。波力克希尼斯宫中一室..........156

第二场　同前。牧人村舍附近的大路................158

第三场　同前。牧人村舍前的草地..................164

第五幕

第一场　西西里。列昂特斯宫中一室................197

第二场　同前。宫前...206

第三场　同前。宝琳娜府中的礼拜堂.............................212

暴风雨

剧中人物

阿朗索： 那不勒斯王

塞巴斯蒂安： 阿朗索之弟

普洛斯帕罗： 米兰公爵

安东尼奥： 普洛斯帕罗之弟，篡位者

弗迪南德： 那不勒斯王子

贡札罗： 正直的老大臣

阿德里安、弗朗西斯科： 侍臣

卡列班： 野性而丑怪的奴隶

屈林鸠罗： 弄臣

斯蒂番诺： 酗酒的管家

船长　水手长　众水手

米兰达： 普洛斯帕罗之女

爱丽儿： 缥缈的精灵

埃利斯、塞瑞斯、朱诺、水仙女们、众刈禾人： 由精灵们扮演

其他伺候普洛斯帕罗的精灵们

地点

海船上；岛上

第一幕

第一场　在海中的一只船上。暴风雨和雷电

【船长及水手长上。

船长：老大！

水手长：有，船长。什么事？

船长：好，对水手们说：出点力，手脚麻利点儿，否则我们要触礁啦。出力，出力！（下）

【众水手上。

水手长：喂，弟兄们！出力，出力，弟兄们！赶快，赶快！把中桅帆收进！注意船长的哨子。——风，你尽情地刮吧，直到你吹破你的肺，只要海面上还有空间。

【阿朗索、塞巴斯蒂安、安东尼奥、弗迪南德、贡札罗及余人等上。

阿朗索：好水手长，小心哪。船长在哪里？拿出点勇气来！

水手长： 我谢谢你们，请到下面去。

安东尼奥： 老大，船长在哪里？

水手长： 你没听见他吗？你们妨碍了我们的工作。好好儿坐在舱里吧，你们简直是跟风浪一起来和我们作对。

贡札罗： 哎，大哥，别发脾气呀！

水手长： 你叫这个海不要发脾气吧。走开！这些波涛才不管什么国王不国王的，回舱里去，安静些！别给我们添麻烦。

贡札罗： 好，但是请记住这船上载的是什么人。

水手长： 随便什么人我都不放在心上。你是个堂堂枢密大臣，要是你有本事命令风浪静下来，那么我们愿意从此不再拉帆收缆了。把你的威权用出来吧！要是你不能，那么还是谢谢天老爷让你活得这么长久，赶快钻进你的舱里去，等待着万一会来的恶运吧！——出力啊，好弟兄们！——快给我走开！

（下）

贡札罗： 这家伙给我很大的安慰。我觉得他脸上一点没有该当淹死的记号；他的相貌活像是一副要上绞架的神气。慈悲的命运之神啊，不要放过了他的绞刑啊！让绞死他的绳索作为我们的锚缆，因为我们的锚缆全然抵不住风暴！如果他不是命该绞死的，那么我们就倒霉了！（下）

【水手长重上。

第一幕　第一场　在海中的一只船上。暴风雨和雷电

水手长： 把中桅放下来！赶快！再低些，再低些！把大桅横帆张起来试试看。（内呼声）遭瘟的，喊得这么响！连风暴的声音和我们的号令都给压得听不见了——

【塞巴斯蒂安、安东尼奥、贡札罗重上。

水手长： 又来了？你们到这儿来干吗？我们大家放了手，一起淹死好不好？你们想要淹死是不是？

塞巴斯蒂安： 愿你喉咙里长起个痘疮来吧，你这胡言乱语、出口伤人、没有心肝的狗东西！

水手长： 那么你来干，好不好？

安东尼奥： 该死的贱狗！你这下流的、骄横的、喧哗的东西，我们才不像你那样害怕淹死哩！

贡札罗： 我担保他一定不会淹死；虽然这船不比果壳更坚硬，水漏得像一个经期中的妇人一般。

水手长： 紧紧靠着风行驶！扯起两面大帆来！把船向海中开出去！

【众水手浑身淋湿上。

众水手： 完了完了！求求上天吧！求求上天吧！什么都完了！
（下）

水手长： 怎么，我们非淹死不可吗？

贡札罗： 王上和王子在那里祈祷了。让我们跟他们一起祈祷吧，大家的情形都是一样。

塞巴斯蒂安： 我真按捺不住我的怒火。

安东尼奥： 我们的生命全然被醉汉们在捉弄着。——这个大嘴巴的恶徒！要是你淹死的话，让你的尸体经受十次潮汐的冲刷。

贡札罗： 他总要被绞死的，虽然每一滴海水都反对这样做，而声势汹汹地要把他一口吞下去。

【幕内嘈杂的呼声：——"可怜可怜我们吧！"——"我们遭难了！我们遭难了！"——"再会吧，我的妻子！我的孩儿！"——"再会吧，兄弟！"——"我们遭难了！我们遭难了！我们遭难了！"

安东尼奥： 让我们大家跟王上一起沉没吧！（下）

塞巴斯蒂安： 让我们去和他告别一下。（下）

贡札罗： 现在我真愿意用千顷的海水来换得一亩荒地，草莽荆棘，什么都好。听天由命吧！但是我真愿意死在陆地上。（下）

第二场　岛上。普洛斯帕罗所居洞室之前

【普洛斯帕罗及米兰达上。

米兰达： 亲爱的父亲，假如你曾经用你的法术使狂暴的海水兴起

第一幕 第二场 岛上。普洛斯帕罗所居洞室之前

这场风浪,请你使它们平息了吧!天空似乎要倒下发臭的沥青来,但海水腾涌上天,扑灭了火焰。唉!我瞧着那些受难的人们,我也和他们同样受难:这样一只壮丽的船,里面一定载着好些尊贵的人,一下子便撞得粉碎!啊,那呼号的声音一直打进我的心里。可怜的人们,他们死了!要是我是一个有权力的神,我一定要叫海沉进地中,让它不会把这只好船和它所载着的人们一起这样吞没。

普洛斯帕罗: 安静些,不要惊慌!告诉你那仁慈的心,一点灾祸都不会发生。

米兰达: 唉,不幸的日子!

普洛斯帕罗: 不要紧的。凡我所做的事,无非是为你打算,我的宝贝!我的女儿!你不知道你是什么人,也不知道我从什么地方来;你也不会想到我是一个比普洛斯帕罗——一所十分寒碜的洞窟的主人,你的微贱的父亲——更出色的人物。

米兰达: 我从来不曾想到要知道得更多一些。

普洛斯帕罗: 现在是我该更详细地告诉你一些事情的时候了。帮我把我的法衣脱去。好,(放下法衣)躺在那里吧,我的法术!——擦干你的眼睛,安心吧!这场凄惨的沉舟的景象,使你的同情心如此激动。我曾经凭借着我法术的力量非常妥善地预先安排好:在这里你听见他们呼号,看见他们的船沉没,

但没有一个人会送命，甚至连一根头发也不会损失。坐下来，你必须知道得更详细一些。

米兰达：你常常刚要开始告诉我我是什么人，便突然住了口，对于我徒然的探问，你的回答只是一句："且慢，时机还没有到。"

普洛斯帕罗：这时机现在已经到了，此时此刻就要叫你撑开你的耳朵乖乖地听着啦。你能不能记得在我们来到这里之前的一个时候？我想你不会记得，因为那时你还不过三岁。

米兰达：我当然记得，父亲。

普洛斯帕罗：你怎么会记得？什么房屋？或是什么人？告诉我留在你脑中的随便什么印象。

米兰达：那是很遥远了，虽然我的记忆对我说那是真实的，但它更像是一个梦。不是曾经有四五个妇人服侍过我吗？

普洛斯帕罗：是的，而且还不止此数呢，米兰达。但是这怎么会留在你的脑中呢？你在过去时光的幽暗的深渊里，还能看见其余的影子吗？要是你记得在你来这里以前的情形，也许你也能记得你怎样会到这里来。

米兰达：但是我不记得了。

普洛斯帕罗：十二年之前，米兰达，十二年之前，你的父亲是米兰的公爵，并且是一个有权有势的国君。

米兰达：父亲，你不是我的父亲吗？

第一幕　第二场　岛上。普洛斯帕罗所居洞室之前

普洛斯帕罗：你的母亲是一位贤德的妇人，她说你是我的女儿；你的父亲是米兰的公爵，他的唯一的嗣息是一位公主，出身高贵的公主。

米兰达：天啊！我们曾经遭到了怎样的奸谋而离开那里？还是离开那里更值得庆幸呢？

普洛斯帕罗：都是，都是，我的孩儿。如你所说的，因为奸谋我们才离开那里，因为幸运我们才漂流到此。

米兰达：唉！想到我给你的种种劳心焦虑，那些是存在于我的记忆中的，真使我心里难过得很。请再讲下去吧。

普洛斯帕罗：我的弟弟，就是你的叔父，名叫安东尼奥。听好，世上真有这样奸恶的兄弟！除了你，他就是我在世上最爱的人了，我把国事都托付他管理。那时候米兰在所有列邦中称雄，而普洛斯帕罗是最出名的一个公爵，远近闻名，在学问艺术上更是一时无双。我因为专心研究，便把政治放到我弟弟的肩上，对于自己的国事付之不问。你那坏心肠的叔父——你在不在听我？

米兰达：我在非常热切地听着，父亲。

普洛斯帕罗：学会了怎样接受或驳斥臣民的诉愿，谁应当拔擢，谁应当贬抑；把我手下的人重新封叙，迁调的迁调，改用的改用；大权在握，使国中所有的人心都要听从他的喜恶。他

简直成为一株常春藤，掩蔽了我参天的巨干，而吸收去我的精华。——你在听吗？

米兰达：啊，好父亲！我在听着。

普洛斯帕罗：听好。我这样遗弃了俗务，在幽居生活中修养我的德性，因为和世间隔绝了，我把那事看得格外重要，谁知却引起了我那恶弟的毒心。我给予他的无限大的信托，正像善良的父母产出刁顽的儿女来一样，得到的酬报只是他的同样无限大的欺诈。他不但握有我的岁入的财源，更僭用我的权力从事搜刮。像一个说了谎话的人，自己相信自己的欺骗一样，他俨然以为自己便是一个不折不扣的公爵。处于代理者的位置上，他用一切的威权铺张着外表上的庄严：他的野心于是逐渐膨胀起来——你在不在听我？

米兰达：你的故事，父亲，具有振聋发聩的力量。

普洛斯帕罗：为要撤除横隔在他野心之间的屏障，他自然希望自己成为独揽米兰大权的主人翁。我呢，一个可怜的人，书斋便是我的领地，他以为我已没有能力执行世间的政事。因为觊觎着大位，他便和那不勒斯王协谋，甘愿每年献贡臣服，把他自己的冠冕俯伏在他人的王冠之前。唉，可怜的米兰！一个从来不曾向别人俯首称臣的邦国，这回却遭到了可耻的卑屈！

米兰达：天哪！

普洛斯帕罗：听我告诉你他所缔结的条款，以及此后发生的事情，然后再告诉我那算不算得是一个好兄弟。

米兰达：我不敢冒渎我的可敬的祖母，然而美德的娘亲有时却会生出不肖的儿子来。

普洛斯帕罗：现在要说到这条约了。这位那不勒斯王因为跟我有根深蒂固的仇恨，答允了我弟弟的要求；那就是说，以纳贡称臣作为交换条件，他当立刻把我和我的人撵出国境，而把大好的米兰和一切荣衔权益全部赏给我的弟弟。因此在命中注定的某夜，一队不义之师被召集起来，安东尼奥打开了米兰的国门；在寂静的深宵，阴谋的执行者便把我和哭泣着的你赶了出来。

米兰达：唉，可叹！我记不起那时我是怎样哭法，但现在不禁又要哭泣起来。这是一件太叫人想起来伤心的事。

普洛斯帕罗：你再听我讲下去，不久我便要叫你明白眼前这一回事情；否则这故事便是一点不相干了。

米兰达：为什么那时他们不把我们杀害呢？

普洛斯帕罗：问得不错，孩子，谁听了我的故事都会产生这个疑问。亲爱的，他们是没有胆量，因为我的人民十分爱戴我，而且他们也不敢在这件事情上留下太重大的污迹，他们试图用比较清白的颜色掩饰他们的毒心。一句话,他们把我们押上船,驶出了十几里以外的海面;在那边他们已经预备好一只腐朽的破船,帆篷、缆索、桅樯,什么都没有,就是老鼠一见也会本能地退缩开去。他们把我们推到这破船上,让我们向着周围的怒海呼号,望着迎面的狂风悲叹;那同情于我们的风的叹息,反而更加添了我们的危险。

米兰达: 唉,那时我对你来说是个多大的累赘啊!

普洛斯帕罗: 啊,你是个小天使,幸得有你我才不致绝望而死!上天赋予你一种坚忍,当我把热泪洒向大海,因心头的怨苦而呻吟的时候,你却向我微笑;为了这我才生出忍耐的力量,准备抵御一切接踵而来的祸患。

米兰达: 我们是怎样上岸的呢?

普洛斯帕罗: 靠着上天的保佑,我们有一些食物和清水,那是一个那不勒斯的贵人贡札罗——那时他被任命为参预这件阴谋的使臣——出于善心而给我们的;另外还有一些好衣裳、布帛和各种需用的东西,使我们受惠不少。他又知道我爱好书籍,特意把我的书都让我带走,那些我看得比一个公国更宝贵。

米兰达: 我多么希望能见一见这位好人!

普洛斯帕罗: 现在我要起来了。(把法衣重新穿上)静静地坐着,听我讲完我们海上的惨史。后来我们到达了这个岛上,就在这里,我亲自做你的教师,使你得到比别的公主小姐更丰富的知识,因为她们大部分的时间都是花在无聊的事情上,而且她们的师傅也绝不会这样认真。

米兰达:真感谢你啊!现在请告诉我,父亲,为什么你要兴起这场风浪?因为我的心中仍是惊疑不定。

普洛斯帕罗:你已经知道了这么一段情节;现在由于奇怪的偶然,慈惠的天意眷宠着我,已经把我的仇人们引到这岛上来了。我借着预知术料知福星正在临近我命运的顶点,要是现在放过了这机会,以后我的一生将再没有出头的希望。别再多问啦,你已经倦得要睡去;放心睡吧!我知道你身不由主。(米兰达入睡)出来,仆人,出来!我已经预备好了,来啊,我的爱丽儿,来吧!

【爱丽儿上。

爱丽儿:万福,尊贵的主人!威严的主人,万福!我来听候你的旨意。无论在空中飞也好,在水里游也好,向火里钻也好,腾上云头也好,凡是你有力的吩咐,爱丽儿愿意用全副的精神奉行。

普洛斯帕罗:精灵,你有没有按照我的命令指挥那场风波?

爱丽儿:桩桩件件都没有忘失。我跃登了国王的船上;一会儿在船头上,一会儿在船腰上,一会儿在甲板上,每一间船舱中我都煽起了恐慌。有时我分身在各处放起火来，中桅上，帆桁上，斜桅上，都一一燃烧起来；然后我再把各个身体合拢来，即使是天神的闪电，那可怕的震雷的先驱者，也没有这样迅速而炫人眼目：火光和硫磺的轰炸声似乎在围攻那摇挥着威风凛凛的三叉戟的海神，使他的怒涛不禁颤抖。

普洛斯帕罗： 我的能干的精灵！谁能这样坚定，在这样的骚乱中不至于惊惶失措呢？

爱丽儿： 没有一个人不发疯似的干着一些不顾死活的勾当。除了水手们，所有的人都弃船而跳入泡沫腾涌的海水中。王子弗迪南德头发像海草似的耸乱着，是第一个跳水的人。他高呼着："地狱开了门，所有的魔鬼都出来了！"

普洛斯帕罗： 啊，你真是我的好精灵！但这是不是就在靠近海岸的地方呢？

爱丽儿： 就在海岸附近，主人。

普洛斯帕罗： 他们都没有送命吗，爱丽儿？

爱丽儿： 一根头发都没有损失，他们穿在身上的衣服也没有一点斑迹，反而比以前更干净了。照着你的命令，我把他们一队一队地分散在这岛上。国王的儿子我叫他独个儿上岸，把他遗留在岛上一个隐僻的所在，让他悲伤地抱着两臂，坐在那儿望着天空长吁短叹。

第一幕　第二场　岛上。普洛斯帕罗所居洞室之前

普洛斯帕罗： 告诉我你怎样处置国王的船上的水手们和其余的船只？

爱丽儿： 国王的船安全地停泊在一个幽静的海湾，你曾经有一次在半夜里把我从那里叫醒，起来前去采集永远为波涛冲打的伯摩地斯岛上的露珠：船便藏在那个地方。那些水手们在精疲力竭之后，我已经用魔术使他们昏睡过去，现今都躺在舱口底下。其余的船舶我把它们分散之后，已经重又会合，现今在地中海上；他们以为他们看见国王的船已经沉没，国王已经溺死，都失魂落魄地驶回那不勒斯去了。

普洛斯帕罗： 爱丽儿，你的差使干得分毫不差，但是还有些事情要你做。现在是什么时候了？

爱丽儿： 中午已经过去。

普洛斯帕罗： 至少已经过去了两个钟头了。从此刻起到六点钟之间的时间，我们两人必须小心不要让它白白过去。

爱丽儿： 还有讨厌的工作吗？你既然这样麻烦我，我不得不提醒你已经答应我，但还没有履行的诺言。

普洛斯帕罗： 怎么啦！生气了？你要求什么？

爱丽儿： 我的自由。

普洛斯帕罗： 在限期未满之前吗？别再说了吧！

爱丽儿： 请你想想我曾经为你怎样尽力服务过。我不曾对你撒过

一次谎,不曾犯过一次过失,也不曾发过一句怨言。你曾经答应过我缩短一年的期限的。

普洛斯帕罗: 你忘记了我从怎样的苦难里把你救出来吗?

爱丽儿: 没有。

普洛斯帕罗: 你一定忘记了,而以为踏着海底的软泥,穿过凛冽的北风,在寒霜冻结着的地下水道中为我奔走,便算是了不得的辛苦了。

爱丽儿: 我不曾忘记,主人。

普洛斯帕罗: 你说谎,你这坏蛋!你忘记了那个恶女巫西考拉克斯——因为年老而且恶毒,全身都弯得像一个环的妖妇吗?你忘记了她吗?

爱丽儿: 不曾,主人。

普洛斯帕罗: 你一定已经忘记了。她是在什么地方出世的?告诉我。

爱丽儿: 在阿尔及尔,主人。

普洛斯帕罗: 噢!是在阿尔及尔吗?我必须每个月向你复述一次你的来历,因为你一下子便要忘记。这个万恶的女巫西考拉克斯,因为作恶多端,她的妖法没有人听见了不害怕,所以被逐出阿尔及尔;他们因为她曾经行过某件好事,因此不曾杀死她。是不是?

爱丽儿: 是的,主人。

普洛斯帕罗：这个眼圈发青的妖妇被押到这儿来的时候，正怀着孕；水手们把她丢弃在这座岛上。你，我的奴隶，据你自己说那时是她的仆人，因为你是个太柔善的精灵，不能执行她的粗暴的邪恶的命令，因此违拗了她的意志，在一阵大怒中她借着她的强有力的妖役的帮助，把你幽禁在一株有裂缝的松树中。在那松树的裂缝里，你熬过了十二年痛苦的岁月；后来她死了，便把你一直遗留在那儿，你像水车轮拍水那样急速地、不断地发出呻吟来。那时这岛上除了她所生产下来的那个儿子、一个生满着斑痣的妖妇的贱种之外，就没有一个人。

爱丽儿：是的，那是她的儿子卡列班。

普洛斯帕罗：那个卡列班是一个蠢物，现在被我收留着做苦役。你当然知道得十分清楚，那时我发现你处在怎样的苦难中：你的呻吟使得豺狼长噑，哀鸣刺透了怒熊的心胸。那是一种沦于永劫的苦恼，就是西考拉克斯也没有法子让你解脱。是我到了这岛上听见你的声音后，用了我的法术才使那株松树张开裂口而放你出来。

爱丽儿：我感谢你，主人。

普洛斯帕罗：假如你再要叽咕的话，我要劈碎一株橡树，把你钉在它多节的内心，直到你再呻吟过十二个冬天。

爱丽儿： 饶恕我，主人，我愿意听从命令，好好地执行你的差使。

普洛斯帕罗： 好吧，你倘然好好办事，两天之后我就释放你。

爱丽儿： 那真是我的好主人！你要吩咐我做什么事？告诉我你要我做什么事？

普洛斯帕罗： 去把你自己变成一个海中的仙女，除了我之外，不要让别人的眼睛看见你。去，装扮好了再来。去吧，用心一点！（爱丽儿下）醒来，心肝，醒来！你睡得这么熟，醒来吧！

米兰达：（醒）你的故事的奇异使我昏沉睡去。

普洛斯帕罗： 清醒一下。来，我们要去看看我的奴隶卡列班，他是从来不曾有过一句好话回答我们的。

米兰达： 那是一个恶人，父亲，我不高兴看见他。

普洛斯帕罗： 话是这么说，我们也缺不了他：他给我们生火，给我们拾柴，也为我们做有用的工作。——喂，奴才！卡列班！你这泥块！哑了吗？

卡列班：（在内）里面木头已经足够了。

普洛斯帕罗： 跑出来，对你说，还有事情要你做呢。出来，你这乌龟！还不来吗？

【爱丽儿复上，作水中仙女的形状。

普洛斯帕罗： 出色的精灵！我的伶俐的爱丽儿，过来我对你讲话。

（耳语）

第一幕　第二场　岛上。普洛斯帕罗所居洞室之前

爱丽儿：主人，一切依照你的吩咐。（下）

普洛斯帕罗：你这毒恶的奴才，魔鬼和你那万恶的老娘合生下来的，给我滚出来吧！

【卡列班上。

卡列班：但愿我那老娘用乌鸦毛从不洁的沼泽上刮下来的毒露一齐倒在你们两人身上！但愿一阵西南的恶风把你们吹得浑身青紫！

普洛斯帕罗：记住吧，因为你出言无礼，今夜要抽你的筋，刺你的腰，叫你喘得透不过气来；所有的刺猬们将在漫漫的长夜里折磨你，你将要被刺得遍身像蜜蜂窠一般，每刺一下都要比蜂刺难受得多。

卡列班：我必须吃饭。这岛是我老娘西考拉克斯传给我，而被你夺了去的。你刚来的时候，抚拍我，待我好，给我有浆果的水喝，教给我白天亮着的大的光叫什么名字，晚上亮着的小的光叫什么名字。因此我以为你是个好人，把这岛上一切的富源都告诉了你，什么地方是清泉盐井，什么地方是荒地和肥田。我真该死让你知道这一切！但愿西考拉克斯一切的符咒、癞蛤蟆、甲虫、蝙蝠，都咒在你身上！本来我多么自由自在，现在却要做你的唯一的奴仆；你把我关禁在这堆岩石的中间，而把整个岛给你自己受用。

普洛斯帕罗：满嘴谎言的贱奴！好心肠不能使你感恩，只有鞭打才能教训你！虽然你这样污秽，我也曾用心好好对待你，让你住在我自己的洞里，谁叫你胆敢想要破坏我孩子的贞操！

卡列班：啊哈哈哈！要是那时得手了才真好！你倘然不曾妨碍我的事，我早已使这岛上住满大大小小的卡列班了。

普洛斯帕罗：可恶的贱奴，不会学一点好，坏的事情样样都来得！我因为看你的样子可怜，才辛辛苦苦地教你讲话，每时每刻教导你这样那样。那时你这野鬼连自己说的什么也不懂，只会像一只野东西一样咕噜咕噜；我教你怎样用说话来表达你的意思，但是像你这种下流的坏子，即使受了教化，天性中的顽劣仍是改不过来，因此你才活该被关禁在这堆岩石的中间。其实单单把你囚禁起来也还是宽待了你。

卡列班：你教我讲话，我从这上面得到的益处只是知道怎样骂人。但愿血瘟病瘟死了你，因为你要教我说你的那种话！

普洛斯帕罗：妖妇的贱种，滚开！去把柴搬进来。识相的话，赶快些，因为还有别的事要做。你在耸肩吗，恶鬼？要是你不好好做我吩咐你做的事，或是满心不情愿的话，我要叫你浑身抽搐，叫你每个骨节里都痛起来；叫你在地上打滚咆哮，连野兽听见你的呼号都会吓得发抖。

卡列班：啊，不要，我求求你！（旁白）我不得不服从，因为他的法术有很大的力量，就是我老娘所礼拜的神明塞提柏斯也得听他指挥。

普洛斯帕罗： 贱奴，去吧！（卡列班下）

【爱丽儿隐形复上，弹琴唱歌；弗迪南德随后。

爱丽儿： （唱）来吧，来到黄沙的海滨，

把手儿牵得牢牢，

深深地展拜细吻轻轻，

叫海水莫起波涛——

柔舞翩翩在水面飘扬；

可爱的精灵，伴我歌唱。

听！听！

汪！汪！汪！（和声，散乱地）

看门狗儿的叫声，

汪！汪！汪！（和声，散乱地）

听！听！我听见雄鸡

昂起了颈儿长啼，

喔—喔—喔！（啼声）

弗迪南德： 这音乐是从什么地方来的呢？在天上，还是在地上？现在已经静止了。它肯定是为岛上的神灵而弹唱的。当我正坐在海滨，思念我的父王的惨死而重又痛哭起来的时候，这

音乐便从水面掠过，飘到我的身旁，它那甜柔的曲调平息了海水的怒涛，也安定了我的感情的激荡；因此我跟随着它，或者不如说是它吸引了我——但它现在已经静止了。啊，又唱起来了。

爱丽儿： （唱）五㖊的水深处躺着你的父亲，

　　　　他的骨骸已化成珊瑚；

　　　　他眼睛是耀眼的明珠；

　　　　他消失的全身没有一处不曾

　　　　受到海水神奇的变幻，

　　　　化成瑰宝，富丽而珍怪。

　　　　海的女神时时摇起他的丧钟，（和声）

　　　　叮！咚！

　　　　听！我现在听到了叮咚的丧钟。

弗迪南德： 这支歌提到了我的溺死的父亲。这一定不是凡间的音乐，也不是地上来的声音。我现在听出来它是在我的头上。

普洛斯帕罗： 抬起你那被睫毛深掩的眼睛来，看一看那边有什么东西。

米兰达： 那是什么？一个精灵吗？啊上帝，它是怎样向着四周瞭望啊！相信我的话，父亲，它生得这样美！但那一定是一个精灵。

普洛斯帕罗： 不是，女儿，它也会吃也会睡，和我们有同样的各种知觉。你所看见的这个年轻人就是遭到船难的一人。要不是因为忧伤损害了他的美貌，你确实可以称他为一个美男子。他因为失去了他的同伴，正在四处徘徊着寻找他们呢。

米兰达： 我简直要说他是个神圣，因为我从来不曾见过宇宙中有这样出色的人物。

普洛斯帕罗：（旁白）哈！有几分意思了，这正是我心中所乐愿的。好精灵！为了你这次功劳，我要在两天之内归还你的自由。

弗迪南德： 再不用疑惑，这一定是这些乐调所奏奉的女神了！——请你俯允我的祈求，告诉我你是否属于这个岛上；指点我怎样在这里安身；我最后要说的一大请求是，神奇的女郎啊！请你告诉我你是不是一位人间的女子？

米兰达： 不是神奇的人，先生，我确实是一个凡间的女儿。

弗迪南德： 天啊！她说着和我同样的言语！唉！要是我在我的本国，在说这种言语的人们中间，我要算是最尊贵的人。

普洛斯帕罗： 什么！最尊贵的？假如给那不勒斯国王听见了，将怎么说呢？

弗迪南德： 我是一个孤独的人，如同你现在所看见的，但我惊异着听你说起那不勒斯；因为我正是那不勒斯王位的继承者，亲眼看见我的父亲随船覆溺：我的眼泪到现在还不曾干过。

米兰达：唉，可怜！

弗迪南德：是的，溺死的还有他所有的大臣，其中有两人是米兰公爵和他的卓越的儿子。

普洛斯帕罗：（旁白）现在假如是适当的时机，米兰公爵和他的更卓越的女儿就可以把你操纵在手掌之间。才第一次见面他们便已在眉目传情了。可爱的爱丽儿！为着这我要使你自由。（向弗迪南德）我有句话要对你说，老兄，我觉得你有些转错了念头。我有话要跟你说。

米兰达：（旁白）为什么我的父亲说得这样不客气？这是我一生中所见到的第三个人，而且是第一个我为他叹息的人。但愿怜悯激动我父亲的心，使他也和我抱同样的感觉才好！

弗迪南德：（旁白）啊！如果你是个处女，还没有爱上他人，我愿意立你做那不勒斯王后。

普洛斯帕罗：且慢，老兄，有话给你讲。（旁白）他们已经彼此情丝互缚了；但是这样顺利的事情我需要给他们一点障碍，因为恐怕太不费力的获得会使人看不起他的追求的对象。（向弗迪南德）一句话，我命令你用心听好。你在这里僭窃着不属于你的名号，到这岛上来做密探，想要从我，这海岛的主人的手里把这岛盗了去，是不是？

弗迪南德：凭着堂堂男子的名义，我否认。

第一幕　第二场　岛上。普洛斯帕罗所居洞室之前

米兰达：这样一座殿堂里是不会容留邪恶的，要是邪恶的精神占有这么美好的一所宅屋，善良的美德也必定会努力把它争夺过来。

普洛斯帕罗：（向弗迪南德）跟我来。（向米兰达）不许帮他说话，他是个奸细。（向弗迪南德）来，我要把你的头颈和脚枷锁在一起，给你喝海水，把淡水河中的贝蛤、干枯的树根和橡果的皮壳给你做食物。跟我来。

弗迪南德：不，我要抗拒这样的待遇，除非我的敌人有更大的威力。（拔剑，但为魔术所制不能动）

米兰达：亲爱的父亲啊！不要太折磨他，因为他温和并不可怕。

普洛斯帕罗：什么！小孩子倒管教起老人家来了不成？——放下你的剑，奸细！你只会装腔作势，但是不敢动手，因为你的良心中充满了罪恶。不要再想抵抗了，走过来吧，因为我能用这根杖的力量叫你的武器落地。

米兰达：我请求你，父亲！

普洛斯帕罗：走开，不要拉住我的衣服！

米兰达：父亲，发发慈悲吧！我愿意做他的保人。

普洛斯帕罗：不许说话！再多嘴我不恨你也要骂你了。什么！帮一个骗子说话吗？嘘！因为你除了他和卡列班之外不曾见过别人，你就以为世上没有和他一样的人。傻丫头！和大部分

人比起来，他不过是个卡列班，而和他比起来，他们都是天使哩！

米兰达： 真是这样的话，我的爱情的愿望是极其卑微的，我并不想看见一个更美好的人。

普洛斯帕罗： （向弗迪南德）来，来，服从吧，你已经软弱得完全像一个小孩子一样，一点力气都没有了。

弗迪南德： 正是这样，我的精神好像在梦里似的，全然被束缚住了。我父亲的死亡，我自己所感觉到的软弱无力，我的一切朋友们的丧失，以及这个将我屈服的人对我的恫吓，这些对于我全然不算什么，只要我能在我的囚牢中每天看见这位女郎一次。让地球的每个角落里都充满了自由吧，我在这样一个牢狱中已经觉得很宽广的了。

普洛斯帕罗： （旁白）事情进行得很顺利。（向弗迪南德）走来！——你干得很好，好爱丽儿！（向弗迪南德）跟我来！（向爱丽儿）听我吩咐你此外应该做的工作。

米兰达： 宽心吧，先生！我父亲的性格不像他的说话那样坏；他一向不是这样的。

普洛斯帕罗： 你将像山上的风一样自由，但你必须先执行我所吩咐你的一切。

爱丽儿： 一个字都不会弄错。

普洛斯帕罗：（向弗迪南德）来，跟着我。（向米兰达）不要为他说情。（同下）

第二幕

第一场　岛上的另一处

【阿朗索、塞巴斯蒂安、安东尼奥、贡札罗、阿德里安、弗朗西斯科及余人等上。

贡札罗： 陛下，请不要悲伤了，您跟我们大家都有应该高兴的理由，因为把我们的脱险和我们的损失比较起来，我们是十分幸运的。我们所逢的不幸是极平常的事，每天都有一些航海者的妻子、商船的主人和托运货物的商人，遭到和我们同样的逆运，但是像我们这次安然无恙的奇迹，却是一百万个人中间也难得有一个人碰到的。所以，陛下，请您平心静气地把我们的一悲一喜称量一下吧。

阿朗索： 请你不要讲话。

塞巴斯蒂安： 他听到安慰就好像接到一碗冷粥一样。

安东尼奥： 可是遭他厌拒的却不肯就此甘休。

塞巴斯蒂安： 瞧吧，他在旋转着他那嘴巴里的发条，不久他那口钟又要敲起来啦。

贡札罗： 陛下——

塞巴斯蒂安： 钟鸣一下：数好。

贡札罗： 人如果把每一种临到他身上的忧愁都容纳进他的心里，他就要郁郁不乐；所以，陛下——

塞巴斯蒂安： 一元的酬金。

贡札罗： 他确有忧愁；你讲的比你想的更有点道理。

塞巴斯蒂安： 你的解释比我的本意更聪明一些。

贡札罗： 所以，陛下——

安东尼奥： 咄！他多么浪费他的口舌！

阿朗索： 请你把你的言语节省点儿吧。

贡札罗： 好，我已经说完了；不过——

塞巴斯蒂安： 他还要讲下去。

安东尼奥： 我们来打赌，他跟阿德里安两个人，这回是谁先开口？

塞巴斯蒂安： 那只老公鸡。

安东尼奥： 我说是那只小鸡儿。

塞巴斯蒂安： 好，赌些什么？

安东尼奥： 输者大笑三声。

塞巴斯蒂安： 算数。

阿德里安：虽然这岛似乎很荒凉——

塞巴斯蒂安：哈！哈！哈！给你赢去了。

阿德里安：不能居住，而且差不多无路可通——

塞巴斯蒂安：然而——

阿德里安：然而——

安东尼奥：这两个字是他的口头语。

阿德里安：然而气候一定是很温和而可爱的。

安东尼奥：气候是一个可爱的姑娘。

塞巴斯蒂安：照他那样文质彬彬的说法，而且很温和哩。

阿德里安：吹气如兰的香风飘拂到我们的脸上。

塞巴斯蒂安：他说得似乎风也有呼吸器官，而且是腐烂的呼吸器官。

安东尼奥：像是让沼泽地熏臭了一样。

贡札罗：这里具有一切对人生有益的条件。

安东尼奥：不错，除了生活的必需品。

塞巴斯蒂安：那简直是没有，或者非常之少。

贡札罗：草儿望上去多么茂盛而蓬勃！多么青葱！

安东尼奥：地面实在只是一片黄土色。

塞巴斯蒂安：加上一点点的绿。

安东尼奥：他并没有说错太多。

塞巴斯蒂安：不，只不过他完全错了。

贡札罗：但最奇怪的是，那简直叫人不敢相信——

塞巴斯蒂安：无论是谁夸张起来总是这么说。

贡札罗：我们的衣服在水里浸过之后，却是依然干净而有光彩；不但没有留下盐水斑痕，反而像是新染过的一样。

安东尼奥：假如他有一只衣袋会说话，它会不会说他撒谎呢？

塞巴斯蒂安：嗯，但也许会很不老实地接受他的谣言。

贡札罗：克拉莉贝尔公主跟突尼斯王举行婚礼的时候，我们在非洲第一次穿上这身衣服。我觉得它们现在就和那时一样新。

塞巴斯蒂安：那是一桩美满的婚姻，而且我们所得的好处也真不少。

阿德里安：突尼斯从来没有娶过这样一位绝世的王后。

贡札罗：自从狄多[①]寡妇之后，他们的确不曾有过这样一位王后。

安东尼奥：寡妇！该死！怎么搀进一个寡妇来了呢？狄多寡妇，嘿！

塞巴斯蒂安：也许他还要说出鳏夫埃涅阿斯来了呢。陛下，您能

---

① 狄多（Dido），又名艾丽莎（腓尼基语：Elisha, Alashiya），腓尼基人的女王。因迫害逃离泰尔城后带领追随者向西航行，途中横渡地中海，于公元前813年建立了迦太基城。后来，她爱上了特洛伊英雄、罗马人的祖先"埃涅阿斯"，并为此殉情。

够容忍他这样胡说八道吗？

阿德里安： 你们说的是狄多寡妇吗？你倒让我想起来了，她是迦太基的，不是突尼斯的。

贡札罗： 这个突尼斯以前就是迦太基。

阿德里安： 迦太基？

贡札罗： 确实告诉你，它便是迦太基。

安东尼奥： 他说的话简直比神话中所说的竖琴还神奇。

塞巴斯蒂安： 居然把城墙跟房子一起搬了地方啦。

安东尼奥： 他还要干些什么不可能的奇迹呢？

塞巴斯蒂安： 我想他也许要想把这个岛揣在口袋里，带回家去，当成一个苹果给他的儿子。

安东尼奥： 再把这苹果核种在海里，于是又有许多岛长起来啦。

贡札罗： 呃？

安东尼奥： 呃，不消多少时候。

贡札罗： （向阿朗索）陛下，我们刚才说的是我们的衣服新得跟我们在突尼斯参加公主的婚礼时一样；公主现在已经是一位王后了。

安东尼奥： 而且是那里从来不曾有过的第一位出色的王后。

塞巴斯蒂安： 除了狄多寡妇之外，我得请你记住。

安东尼奥： 啊！狄多寡妇。对了，还有狄多寡妇。

贡札罗： 我的紧身衣，陛下，不是跟第一天穿上去的时候一样新吗？我的意思是说有几分差不多新。

安东尼奥： 那"几分"你补充得很是周到。

贡札罗： 不是吗，当我在公主婚礼上穿着它的时候？

阿朗索： 你唠唠叨叨地把这种话塞进我的耳朵里，把我的胃口都倒尽了。我真希望我不曾把女儿出嫁在那里！因为一离开了那边之后，我的儿子便失去了。在我的感觉中，她也同样已经失去，因为她离意大利这么远，我将永远不能再看见她一面。唉，我的儿子，那不勒斯和米兰的储君！你葬身在哪一头鱼腹中呢？

弗朗西斯科： 陛下，他也许还活着。我看见他击着波浪，将身体耸出水面，不顾浪涛怎样和他作对，他凌波而前，尽力抵御着迎面而来的最大的巨浪；他的勇敢的头总是探出在怒潮的上面，而把他那壮健的臂膊以有力的姿势将自己划近岸边。海岸似乎在俯向他那和波涛战乏了的躯体，而要把他援救起来。我确信他是平安地到了岸上。

阿朗索： 不，不，他已经死了。

塞巴斯蒂安： 陛下，您的这个损失应该怪您自己。您自己不把您的女儿留给欧洲人，而宁愿把她捐弃给一个非洲人；因为至少她已经不在您的眼前，可以免得您格外触景伤情了。

阿朗索： 请你别再说了吧。

塞巴斯蒂安： 我们大家都曾经跪求着您改变您的意志；她自己也处于怨恨和服从之间，犹豫不决应当迁就哪一个方面。现在我们已经失去了您的儿子，恐怕再没有看见他的希望了；因为这一举动米兰和那不勒斯又增添了许多寡妇，她们本来是盼望我们带着她们的男人回去安慰她们的。一切的过失全是在您的身上。

阿朗索： 这个损失最令人心痛的正是这个地方。

贡札罗： 塞巴斯蒂安大人，您说的自然是真话，但是太苛酷了点儿，而且现在也不该说这种话；应当敷膏药的时候，你却去触动痛处。

塞巴斯蒂安： 说得很好。

安东尼奥： 而且真像一位大夫的样子。

贡札罗： 当您为愁云笼罩的时候，陛下，我们也都一样处于阴沉的天气中。

塞巴斯蒂安： 阴沉的天气？

安东尼奥： 阴得很厉害。

贡札罗： 如果这块岛是我的殖民地，陛下——

安东尼奥： 他一定要把它种满了荨麻。

塞巴斯蒂安： 或是酸模草，或是锦葵。

贡札罗： 而且我若是这岛上的王，请猜我将要做些什么事？

塞巴斯蒂安： 使你自己不致喝醉，因为无酒可饮。

贡札罗： 在这共和国中我要实行一切与众不同的方式：我要禁止一切的贸易；没有地方官的设立；没有文学；富有、贫穷和雇佣都要废止；契约、承袭、疆界、区域、耕种、葡萄园，都没有；金属、谷物、酒、油，都没有用处；废除职业，所有的人都不做事；妇女也是这样，但她们是天真而纯洁的；没有君主——

塞巴斯蒂安： 但是他说他是这岛上的王。

安东尼奥： 他的共和国前后不一致。

贡札罗： 大自然中一切的产物都不须用血汗劳力而获得；叛逆、重罪、剑戟、刀、枪炮以及一切武器的使用，一律杜绝；但是大自然会自己产生出一切丰饶的东西，养育我那些纯朴的人民。

塞巴斯蒂安： 他的人民中间没有结婚这一件事吗？

安东尼奥： 没有的，老兄，大家闲荡着，净是些娼妓和无赖。

贡札罗： 我要照着这样的理想统治，足以媲美以往的黄金时代。

塞巴斯蒂安： 上帝保佑吾王！

安东尼奥： 贡札罗万岁！

贡札罗： 而且——您在不在听我说，陛下？

阿朗索：算了，请你别再说下去了吧！你对我尽说些没意思的话。

贡札罗：我很相信陛下的话。我的本意原是要让这两位贵人把我取笑取笑，他们的天性是这样敏感而伶俐，常常会无缘无故发笑。

安东尼奥：我们笑的是你。

贡札罗：在这种取笑讥讽的事情上，我在你们的眼中简直不算什么东西，所以你们笑得还是没趣。

安东尼奥：好一句厉害的话！

塞巴斯蒂安：可惜没击中要害。

贡札罗：你们是血气奋发的贵人，假如月亮连续五个星期没有变化，你们会把她从天体中掏出来。

【爱丽儿隐形上，奏庄严的音乐。

塞巴斯蒂安：对啦，我们会把她掏出来，然后在黑夜里捉鸟去。

安东尼奥：呦，好大人，别生气哪！

贡札罗：放心吧，我不会的，我不会这样轻易动怒。我觉得疲倦得很，你们能不能让我在笑声中睡着？

安东尼奥：好，你睡吧，听我们笑你。（除阿朗索、塞巴斯蒂安、安东尼奥外，余皆睡去）

阿朗索：怎么，大家一会儿都睡熟了！我希望我的眼睛安安静静地合拢，把我的思潮关闭起来。我觉得它们确实要合拢了。

塞巴斯蒂安：陛下，请您不要拒绝睡神的好意。他不大会降临到忧愁者的身上，但倘使来了的时候，那是一个安慰。

安东尼奥：我们两个人，陛下，会在您休息的时候卫护着您，留意着您的安全。

阿朗索：谢谢你们。倦得很。（阿朗索睡；爱丽儿下）

塞巴斯蒂安：真奇怪大家都这样困！

安东尼奥：那是因为气候的关系。

塞巴斯蒂安：那么为什么我们的眼皮不垂下来呢？我觉得我自己一点不想睡。

安东尼奥：我也不想睡，我的精神很兴奋。他们一个一个倒下来，好像预先约定好似的，又像受了电击一般。可尊敬的塞巴斯蒂安，什么事情也许会……啊？什么事情也许会……算了，不说了，但是我总觉得我能从你的脸上看出你应当成为何等样的人。时机全然于你有利，在我强烈的想象里似乎看见一顶王冠降到你的头上。

塞巴斯蒂安：什么！你是醒着还是睡着？

安东尼奥：你没听见我说话吗？

塞巴斯蒂安：我听见了，但那一定是你睡梦中说出来的呓语。你在说些什么？这是一种奇怪的睡状，一面睡着，一面却睁大了眼睛；站立着，讲着话，动着，然而却睡得这样熟。

安东尼奥： 尊贵的塞巴斯蒂安，你徒然让你的幸运睡去，竟或是让它死去；你虽然醒着，却闭上了眼睛。

塞巴斯蒂安： 你清清楚楚在打鼾，你的鼾声里却蕴藏着意义。

安东尼奥： 我在一本正经地说话，你不要以为我跟平常一样。你要是愿意听我的话，也必须一本正经；听了我的话之后，你的尊荣将要增加三倍。

塞巴斯蒂安： 噢，你知道我心静如水。

安东尼奥： 我可以教你怎样让静水激涨起来。

塞巴斯蒂安： 试试看吧，但习惯的惰性只会教我退落下去。

安东尼奥： 啊，你是不知道，越是表面上嘲弄这种想法，你越希望它成功；越想摆脱它，它就越牢固！向后退的人常因为他们胆小或懒惰而落到接近水底的地方。

塞巴斯蒂安： 请你说下去吧：你的眼睛和脸颊的神气显示出有些特殊的事情在你心头，像是产妇难产似的很吃力地要把它说出来。

安东尼奥： 我要说的是，大人，我们那位记性不好的弗朗西斯科——这个人要是去世之后，别人也会把他淡然忘却的——他虽然已经劝说得几乎使王上相信自己的儿子还活着——因为这个人唯一的本领就是向人家唠叨劝说——但王子没有死是绝对不可能的，正像在这里睡着的人不会游泳一样。

塞巴斯蒂安： 对于他不曾溺死，我不抱任何希望。

安东尼奥： 哎，不要说什么没有希望啦，你自己的希望大着呢！从那方面说是没有希望，反过来说却正是最大不过的希望，野心所能企及而无可再进的极点。你同意不同意我说弗迪南德已经溺死了的话？

塞巴斯蒂安： 他一定已经送了命。

安东尼奥： 那么告诉我，除了他应该轮到谁继承那不勒斯的王位？

塞巴斯蒂安： 克拉莉贝尔。

安东尼奥： 她是突尼斯的王后，她住在远离人世的蛮邦，她和那不勒斯没有通信的可能：月亮中人是太慢了，除非叫太阳给她捎信，那么直到新生婴孩柔滑的脸上长满了胡须的时候也许可以送到。我们从她的地方出发而遭到了海浪的吞噬，虽然一部分人幸得生还，这是命中的注定。以往的一切都只是个开场的引子，以后的正文该由我们来干一番。

塞巴斯蒂安： 这是什么话！你怎么说的？不错，我的哥哥的女儿是突尼斯的王后，她也是那不勒斯的嗣君；两地之间相差着好多路程。

安东尼奥： 这路程是这么长，每一步的距离都似乎在喊着，"克拉莉贝尔怎么能够跨过我们而回到那不勒斯去呢？不要离开突尼斯，塞巴斯蒂安从睡梦中醒来吧！"瞧，他们睡得像死去一般。真的，就是死了也不过如此。总有人会治理那不勒斯像一个瞌睡的人一样治得好；也总不会缺少像这位贡札罗一样善于唠叨说空话的大臣，就是乌鸦我也能叫它讲得比他有意思一点。啊，要是你也跟我一样想法就好了！这样的昏睡对于你的高升真是一个多么好的机会！你懂不懂我的意思？

塞巴斯蒂安： 我想我懂得。

安东尼奥： 那么你对于你自己的好运气有什么意见呢？

塞巴斯蒂安： 我记得你曾经篡夺过你哥哥普洛斯帕罗的位置。

安东尼奥： 是的，你瞧我穿着这身衣服多么合体，比从前神气得多了！本来我的哥哥的仆人和我处在同等的地位，现在他们都是在我手下的人了。

塞巴斯蒂安： 但是你的良心上——

安东尼奥： 哎，大人，良心在什么地方呢？假如它是一块冻疮，那么也许我只能穿上拖鞋；但是我并不觉得在我的胸头有这么一位神明。如有二十个包糖衣的良心横在我和米兰公爵的爵位之间，不等它们作梗就会让它们溶化掉。这儿躺着你的兄长，像泥土一样动都不动，看上去就像死了一般；我用这柄称心如意的剑，只要轻轻刺进三寸那么深，就可以叫他永远安静。同时你照着我的样子，也可以叫这个老头子，这位拘谨先生，从此长眠不醒，再也不会来呶呶指责我们。至于其余的人，只要用好处引诱他们，就会像猫儿舐牛奶似的贪馋不去；我们说什么时辰适宜做某事，他们就会随声附和。

塞巴斯蒂安： 好朋友，我将把你的情形作为我的榜样。如同你得到米兰一样，我也要得到我的那不勒斯。举起你的剑来吧：只要这么一下，便可以免却你以后的纳贡；我做了国王之后，一定十分眷宠你。

安东尼奥： 我们一起举剑吧，当我举起手来的时候，你也照样把你的剑对准贡札罗的胸口。

塞巴斯蒂安： 啊！且慢。（二人往一旁密议）

【音乐；爱丽儿隐形复上。

爱丽儿： 我的主人预知你，他的朋友，所陷入的危险，因此差我来保全你的性命，因为否则他的计划就要失败。（在贡札罗耳边唱）

> 当你酣然熟睡的时候，
>
> 眼睛睁得大大的"阴谋"，
>
> 正在施展着毒手。
>
> 假如你重视你的生命，
>
> 不要再睡了，你得留神；
>
> 快快醒醒吧，醒醒！

安东尼奥：那么让我们赶快下手吧。

贡札罗：天使保佑王上啊！（众醒）

阿朗索：什么？怎么啦？喂，醒来！你们为什么拔剑？为什么面无人色？

贡札罗：什么事？

塞巴斯蒂安：我们正站在这儿看护您的安息，就在这时候忽然听见了一阵大声的狂吼，好像公牛，不，狮子一样。你们不是也被那声音惊醒的吗？我听得害怕极了。

阿朗索：我什么都没听见。

安东尼奥：啊！那是一种怪兽听了也会害怕的咆哮，大地都给它震动起来。那一定是一大群狮子的吼声。

阿朗索：你听见这声音吗，贡札罗？

贡札罗：凭着我的名誉起誓，陛下，我只听见一种很奇怪的蜜蜂似的声音，它使我惊醒过来。我摇着您的身体，喊醒了您。当我一睁开眼睛，便看见他们的剑拔出鞘外。有一个声音，那是真的。最好我们留心提防着，或者赶快离开这地方。让我们把武器预备好。

阿朗索：带领我们离开这个地方，让我们再去找寻一下我那可怜的孩子。

贡札罗：上天保佑他不要给这些野兽害了！我相信他一定在这

岛上。

阿朗索： 带路走啊。（率众人下）

爱丽儿： 我要把我的工作回去报告我的主人普洛斯帕罗。国王呀，平安地前去把你的孩子找寻。（下）

第二场　岛上的另一处

【卡列班荷柴上，雷声。

卡列班： 愿太阳从一切沼泽平原上吸起来的瘴气都降在普洛斯帕罗身上，让他的全身，没有一处不生恶病！他的精灵会听见我的话，但我非把他咒一下不可。他们要是没有他的吩咐，是不会拧我掐我，显出各种的怪相吓我，把我推到烂泥里，或是在黑暗中化作一团磷火诱我迷失方向的。但是他们想出种种的恶作剧来摆布我：有时变成猴子，向我咧着牙齿扮鬼脸，然后再咬我；一下子又变成刺猬，在路上滚作一团，我的赤脚一踏上去，便把针刺竖了起来；有时我的四面围绕着毒蛇，吐出分叉的舌头来，那嗞嗞的声音吓得我发狂。

【屈林鸠罗上。

卡列班： 瞧！瞧！又有一个他的精灵来了！因为我柴捡得慢，要来给我吃点苦头。让我横躺下来，也许他不会注意到我。

屈林鸠罗： 这儿没有丛林也没有灌木可以抵御任何风雨。又有一阵大雷雨要起来啦，我听见风在呼啸，那边那堆大的乌云像是一只臭水袋，就要把水倒下来的样子。要是这回再像不久以前那么响着大雷，我不晓得我该把我的头藏到什么地方去好。那块云准是要整桶整桶地倒下水来。咦！这是什么东西？是一个人还是一条鱼？死的还是活的？一定是一条鱼。他的气味像一条鱼，有种陈腐的鱼腥气，不是新腌的鱼。奇怪的鱼！我从前曾经到过英国，要是我现在还在英国，只要把这条鱼画出来挂在外面，任何一个度假的傻瓜都会愿意出一块银币进来看一看。在那边随便什么稀奇古怪的畜牲都可以使人发财。他们不愿意丢一个铜子给跛脚的叫花子，却愿意拿出一角钱来看一个死了的印第安人。嘿，他像人一样生着腿呢！他的翼鳍多么像是一对臂膀！他的身体还是暖的！我说我弄错了，这不是鱼，是一个岛上的土人，刚才被雷击倒了。（雷声）唉！雷雨又来了。我只得躲到他的衫子底下去，别的再没有躲避的地方了：一个人倒运起来，就要跟妖怪一起睡觉。让我躲在这儿，直到云消雨散。

第二幕 第二场 岛上的另一处

【斯蒂番诺手持酒瓶唱歌上。

斯蒂番诺：（唱）我将不再到海上去，到海上去,

　　　我要老死在岸上——

　　这是一支送葬时唱的难听的调子。

　　好，这儿是我的安慰。（饮酒，唱）

　　船长，船老大，咱小子和打扫甲板的,

　　　还有炮手和他的助理,

　　爱上了莫尔、麦格、玛利安和玛格丽,

　　　但凯特可没有人喜欢;

　　因为她有一副绝顶响喉咙,

　　见了水手就要嚷,"送你的终!"

　　焦油和沥青的气味熏得她满心烦躁,

　　可是裁缝把她浑身搔痒就呵呵乱笑,

　　海上去吧，弟兄们，让她自个儿去上吊!

　　这也是支难听的调子，但这儿是我的安慰。（饮酒）

卡列班：不要折磨我，喔!

斯蒂番诺：什么事？这儿有鬼吗？让野人和印第安人来跟我们捣乱吗？哈！海水都淹不死我，我还怕四只脚的东西不成？古话说得好，一个堂堂的人，不会见了四足的东西而退却：只要斯蒂番诺鼻孔里还透着气，这句话还是要照样说下去。

卡列班：精灵在折磨我了，喔！

斯蒂番诺：这是岛上生四条腿的什么怪物，照我看起来像在发疟疾。他究竟跟谁学会了我们的话？为了这我也得给他医治一下子。要是我医好了他，把他驯服了，带回到那不勒斯去，可以送给随便哪一个脚穿皮靴的皇帝。

卡列班：不要折磨我，求求你！我愿意赶紧把柴背回家去。

斯蒂番诺：他现在寒热发作，胡话三千。他应当尝一尝我瓶里的酒。要是他从来不曾沾过一滴酒，那很可以把他完全医好。我倘若医好了他，把他驯服了，不管我怎样索要也不过分，他应该重重报偿他的恩主。

卡列班：你还不曾给我多少苦头吃，但你就要大动其手了。我知道的，因为你在发抖，普洛斯帕罗的法术在驱使你了。

斯蒂番诺：给我爬过来，张开你的嘴巴！这是会叫你说话的好东西，你这只猫！张开嘴来，这会把你的颤抖完全驱走，我可以告诉你。（给卡列班喝酒）你不晓得谁是你的朋友。再张开嘴来。

屈林鸠罗：这声音我很熟悉，那像是——但他已经淹死了。这些都是邪鬼。老天保佑我啊！

斯蒂番诺：四条腿，两个声音，真是一个有趣不过的怪物！他的前面的嘴巴在向他的朋友说着恭维的话，他的背后的嘴巴却在说他坏话讥笑他。即使医好他需要我整瓶酒，我也要给他出一下力。喝吧。阿门!让我再把一些酒倒在你那另外一只嘴里。

屈林鸠罗: 斯蒂番诺!

斯蒂番诺: 你另外的那张嘴在叫我吗?天哪!天哪!这是个魔鬼,不是个妖怪。我得离开他去,跟魔鬼打交道我可不行。

屈林鸠罗: 斯蒂番诺!如果你是斯蒂番诺,请你过来跟我讲几句话。我是屈林鸠罗,不要害怕,你的好朋友屈林鸠罗。

斯蒂番诺: 你倘然是屈林鸠罗,那么钻出来吧。让我来把那两条小一点的腿拔出来;要是这儿是有屈林鸠罗的腿的话,这一定不会错。哎哟,你果真是屈林鸠罗!你怎么会变成这个妖怪的粪便?他能够泻下屈林鸠罗来吗?

屈林鸠罗: 我以为他是给天雷轰死了的。但是你不是淹死了吗,斯蒂番诺?我现在希望你不曾淹死。雷雨过去了吗?我因为害怕雷雨,所以才躲在这个死妖精的衫子底下。你还活着吗,斯蒂番诺?啊,斯蒂番诺,两个那不勒斯人脱险了!

斯蒂番诺: 请你不要把我转来转去,我的胃不大好。

卡列班: (旁白)这两个人倘然不是精灵,一定是好人。那是一位英雄的天神,他还有琼浆玉液。我要给他跪下。

斯蒂番诺: 你怎么逃了命的?你怎么会到这儿来?凭着这个瓶儿起誓,你是怎么到这儿来的?凭着这个瓶儿起誓,我自己是因为伏在一桶白葡萄酒的桶顶上才不致淹死；那桶酒是水手们从船上抛下海的，这个瓶是我被冲上岸之后自己亲手用树干刳成的。

卡列班：凭着那个瓶儿起誓，我要做您的忠心的仆人，因为您那种水是仙水。

斯蒂番诺：嗨，起誓吧，说你是怎样逃了命的。

屈林鸠罗：游泳到岸上，像只鸭子一样。我会像鸭子一样游泳，我可以起誓。

斯蒂番诺：来，吻你的圣经。（给屈林鸠罗喝酒）你虽然能像鸭子一样游泳，可是你的样子倒像是一只鹅。

屈林鸠罗：啊，斯蒂番诺！这酒还有吗？

斯蒂番诺：有整整一桶呢，老兄，我在海边的一块岩石里藏下我的美酒。喂，妖精！你的寒热病怎么样啦？

卡列班：您不是从天上掉下来的吗？

斯蒂番诺：从月亮里下来的，实实在在告诉你，从前我是月中人。

卡列班：我曾经看见过您在月亮里，我真喜欢您。我的女主人曾经指点给我看您和您的狗和您的柴枝。

斯蒂番诺：来，起誓吧，吻你的圣经，我会把它重新装满。起誓吧。

屈林鸠罗：我敢说，这是个蠢得很的怪物，可笑我竟会害怕起他来！一个不中用的怪物！月中人，嘿！这个可怜的轻信的怪物！

第二幕　第二场　岛上的另一处

好啊，怪物！你的酒量真不小。

卡列班：我要指点给您看这岛上每处肥沃的地方，我要吻您的脚。请您做我的神明吧！

屈林鸠罗：我敢说，这是一个居心不良的嗜酒的怪物，一等他的神明睡了过去，他就会把酒瓶偷走。

卡列班：我要吻您的脚，我要发誓做您的仆人。

斯蒂番诺：那么好，跪下来起誓吧。

屈林鸠罗：这个头脑简单的怪物要把我笑死了。这个不要脸的怪物！我心里真想把他揍一顿。

斯蒂番诺：来，吻吧。

屈林鸠罗：但是这个可怜的怪物是喝醉了。一个作孽的怪物！

卡列班：我要指点您最好的泉水，我要给您摘浆果，我要给您捉鱼，给您打很多的柴。但愿瘟疫降临在我那暴君的身上！我再不给他搬柴了，我要跟着您走，您是个了不得的人！

屈林鸠罗：一个可笑可气的怪物！竟会把一个无赖的醉汉看作了不得的人！

卡列班：请您让我带您到长着野苹果的地方；我要用我的长指爪给您掘出落花生来，把樫鸟的窝指点给您看，教给您怎样捕捉伶俐的小猢狲，我要采成束的榛果献给您；我还要从岩石上为您捉下海鸥的雏鸟。您肯不肯跟我走？

49

斯蒂番诺：请你带着我走，不要再啰里啰唆了。——屈林鸠罗，国王和我们的同伴们既然全都死去，这地方便归我们所有了。——来，给我拿着酒瓶。——屈林鸠罗老朋友，我们不久便要再把它装满。

卡列班：（醉吃地唱）再会，主人！再会！再会！

屈林鸠罗：一个喧哗的怪物！一个醉酒的怪物！

卡列班：
　　　　　　不再筑堰捕鱼，

　　　　　　不再捡柴生火，

　　　　　　硬要听你吩咐；

　　　　　　不再刨木板，

　　　　　　不再洗碗盏，

　　　班，班，卡——卡列班，

　　　　　　换了一个新老板！

　　自由，哈哈！哈哈，自由！自由！哈哈，自由！

斯蒂番诺：啊，出色的怪物！带路走呀。（同下）

第三幕

第一场　普洛斯帕罗洞室之前

【弗迪南德负木上。

弗迪南德： 有一类游戏是很费力的，但兴趣会使人忘记了它的辛苦；有一类卑微的工作，却被人用高尚的精神承担了起来，贫贱的事情往往有着丰硕的成果。这种贱役对于我应该是艰重而可厌的，但我所侍奉的女郎使我生趣勃发，觉得劳苦反而是一种愉快。啊，她是十倍的温柔，而她的父亲则十分乖戾，他浑身都是暴戾！他严厉地吩咐我必须把几千根这样的木头搬过去堆垒起来；我那可爱的姑娘见了我这样劳苦，竟哭了，说从来不曾见过像我这种人干这等卑贱的工作。唉！我把工作都忘了。但这些甜蜜的想法给我新生的力量，即使在我忙得简直不能思维的时候。

【米兰达上；普洛斯帕罗潜随其后。

米兰达： 唉，请你不要太辛苦了吧！我真希望一阵闪电把那些要你堆垒的木头一起烧掉！请你暂时放下来，坐下歇息吧。要是这根木头燃烧的时候，它一定会为它给你带来的劳苦而哭泣。我的父亲正在一心一意地读书；请你休息休息吧，在这三个钟点之内，他是不会出来的。

弗迪南德： 啊，最亲爱的姑娘，在我还没有把我必须做的工作努力做完之前，太阳就要下山了。

米兰达： 要是你肯坐下来，我愿意代你搬一会儿木头。请你给我吧，让我把它搬到那一堆的上面去。

弗迪南德： 怎么可以呢，娇贵的人儿！我宁愿毁损我的筋骨，压折我的臂膀，也不愿让你干这种下贱的工作，而我空着两手坐在一旁。

米兰达： 要是这种工作配给你做，当然它也配给我做。而且我做起来心里更舒服一点，因为我是自己甘愿，而你是被迫的。

普洛斯帕罗： （旁白）可怜虫，你已经为情颠倒了！从这次探望就可以清楚地看出来。

米兰达： 你瞧上去很疲乏。

弗迪南德： 不，尊贵的姑娘！当你在我身边的时候，黑夜也变成了清新的早晨。我恳求你告诉我你的名字，好让我把它放进我的祈祷里去。

米兰达： 米兰达。——唉！父亲，我已经违背了你的叮嘱，把它说了出来啦！

弗迪南德： 可赞美的米兰达！真是一切仰慕的最高峰，抵得上世界上一切最珍贵的事物。我的眼睛曾经看到过许多令人倾心的女郎，许多次她们那柔婉的声调使我那过于敏感的听觉为之倾倒；为了各种不同的美德，我曾经喜欢过各个不同的女子，但是从不曾有过一个具有完全美满的灵魂，总有一些缺点损害了她那崇高的优美。而你啊，这样完美无双，是把每一个人的最好的优点集合起来而造成的！

米兰达： 我不曾见过一个和我同性的人，除了在镜子里见到自己的脸，我不记得任何女子的相貌；除了你，好友，和我的亲爱的父亲，也不曾见过其余可以称为人类的男子。我不知道别处地方人们生得都是什么样子，但是凭着我最可宝贵的贞洁起誓：除了你，在这世上我不企望任何伴侣；除了你，我的想象也不能再产生出一个可以使我喜爱的形象。但是我的话讲得有些太越出界限，把我父亲的教训全忘记了。

弗迪南德： 我的地位本是一个王子，米兰达，我想我已经是一个国王——但我希望我不是！我不能容忍搬木头的苦役就像我不能容忍一只苍蝇玷污我的嘴角一样。听我的心灵向你诉说：当我第一眼看见你的时候，我的心就已经飞到你的身边，甘

> 心为你执役，使我成为你的奴隶。只是为了你的缘故，我才肯让自己当这个辛苦的运木的工人。

米兰达： 你爱我吗？

弗迪南德： 天在顶上！地在底下！为我作证这一句妙音。要是我所说的话是真的，愿天地赐给我幸福的结果；如其所说是假，那么请把我命中注定的幸运都转成恶运！超过世间其他一切事物的界限之上，我爱你，珍重你，崇拜你！

米兰达： 我是一个傻子，听见了心中欢喜的话而流起泪来！

普洛斯帕罗： （旁白）一段难得的良缘的会合！上天赐福给他们的后裔吧！

弗迪南德： 你为什么哭起来了呢？

米兰达： 因为我太平凡了，我不敢献给你我所愿意献给你的，更不敢从你那里接受我所渴想得到的。但这是废话；越是掩饰，它越是显露得清楚。去吧，羞怯的狡狯！让单纯而神圣的天真指导我说话吧！要是你肯娶我，我愿意做你的妻子；不然的话，我将到死都是你的婢女：你可以拒绝我做你的伴侣；但不论你愿不愿意，我将是你的奴仆。

弗迪南德： 我的最亲爱的爱人！我永远低首在你的前面。

米兰达： 那么你是我的丈夫吗？

弗迪南德： 是的，我满心乐意，如同受拘束的人渴望自由一样。

我的手在这里。

米兰达：这儿是我的手，我的心也跟它在一起。现在我们该分手了，半点钟之后再会吧。

弗迪南德：那时间可是无尽地悠长呢！（分别下）

普洛斯帕罗：我当然不能像他们那样高兴，而且他们是全然不曾预先料到的；但没有别的事可以比这事更使我快活了。让我到书斋里去，因为在晚餐之前，我还有一些事情须得做好。（下）

第二场　岛上的另一处

【卡列班持酒瓶，斯蒂番诺、屈林鸠罗同上。

斯蒂番诺：别对我说：要是酒桶里的酒完了，然后我们再喝水。只要还有一滴酒剩着，让我们总是喝酒吧。来，一！二！三！努力！妖怪奴才，向我祝饮呀！

屈林鸠罗：妖怪奴才！这岛上特产的笨货！他们说这岛上一共只有五个人，我们已经是三个；要是其余的两个人跟我们一样聪明，我们的江山就不稳了。

斯蒂番诺：喝酒呀，妖怪奴才！我叫你喝你就喝。你头上的两眼简直发直了。

屈林鸠罗：眼睛不生在头上倒该生在什么地方？要是他的眼睛生在尾巴上，那才真是个出色的怪物哩！

斯蒂番诺：我的妖怪奴才的舌头已经在酒里淹死了；但是我，海水也淹不死我：凭着这太阳起誓，我在一百多里的海面上游来游去，一直游到了岸边。你得做我的副官，怪物，或是做我的旗手。

屈林鸠罗：如果你愿意还是做个副官吧，他都站不起来。

斯蒂番诺：我们不必奔跑，怪物先生。

屈林鸠罗：也不必走了，还是像狗那样躺下来，一句话不说。

斯蒂番诺：妖精，说一句话吧，如果你是个好妖精。

卡列班：请老爷安！让我舐您的靴子。我不要服侍他，他是个懦夫。

屈林鸠罗：你说谎，一窍不通的怪物！我打得过一个警察呢。嘿，你这条烂醉的鱼！像我今天一样喝了那么多酒的人，还能被称作懦夫吗？因为你是一只一半鱼一半妖怪的荒唐东西，你就要撒一个荒唐的谎吗？

卡列班：瞧！他这么取笑我！您让他这样说下去吗，老爷？

屈林鸠罗：他说"老爷"！谁想得到一个怪物会是这么一个蠢才！

卡列班：喏，喏，又来啦！我请您咬死他。

斯蒂番诺：屈林鸠罗，好好堵住你的嘴！如果你要造反，就把你吊死在那株树上！这个可怜的怪物是我的人，不能给人家欺侮。

卡列班：谢谢大老爷！您肯不肯再听一次我的控诉？

斯蒂番诺：依你所奏，跪下来说吧。我立着，屈林鸠罗也立着。

【爱丽儿隐形上。

卡列班：我已经说过，我屈服在一个暴君、一个妖巫的手下，他用诡计把这岛从我手里夺了去。

爱丽儿：你说谎！

卡列班：你说谎，你这插科打诨的猴子！我希望我的勇敢的主人把你杀死。我没有说谎。

斯蒂番诺：屈林鸠罗，要是你在他讲话的时候再来纠缠，凭着这只手起誓，我要敲掉你的牙齿。

屈林鸠罗：怎么？我一句话都没有说。

斯蒂番诺：那么别响，不要再多话了。（向卡列班）讲下去。

卡列班：我说，他用妖法占住了这岛，从我手里夺了去；要是老爷肯替我向他报仇——我知道您一定敢，但这家伙绝没有这胆子——

斯蒂番诺：那是自然。

卡列班：您就可以做这岛上的主人，我愿意服侍您。

斯蒂番诺： 怎样才能做到这一点呢？你能不能把我带到那个人的地方去？

卡列班： 可以的，可以的，老爷。我可以乘他睡熟的时候把他交付给您，您就可以用一根钉敲进他的脑袋里去。

爱丽儿： 你说谎，你不敢！

卡列班： 这个穿花花衣裳的蠢货！这个浑蛋！请老爷把他痛打一顿，不要让他拿这酒瓶；他没有酒喝之后，就只好喝海里的咸水了，因为我不愿告诉他清泉在什么地方。

斯蒂番诺： 屈林鸠罗，别再自讨没趣啦！你再说一句话打扰这怪物，凭着这只手起誓，我就要不顾情面，把你打成一条鱼干了。

屈林鸠罗： 什么？我干了什么？我一句话都没有说。让我再跑得远一点儿。

斯蒂番诺： 你不是说他说谎吗？

爱丽儿： 你说谎！

斯蒂番诺： 我说谎吗！吃这一下！（打屈林鸠罗）要是你觉得滋味不错的话，下回再试试看吧。

屈林鸠罗： 我并没有说你说谎。你头脑昏了，连耳朵也听不清楚了吗？该死的酒瓶！喝酒才把你搅得那么昏沉沉的。愿你的怪物给牛瘟病瘟死，魔鬼把你的手指弯断了去！

卡列班： 哈哈哈！

斯蒂番诺：现在讲下去吧。——请你再站得远些。

卡列班：狠狠地打他一下子。停一会儿我也要打他。

斯蒂番诺：站远些。——来，说吧。

卡列班：我对您说过，他有一个老规矩，一到下午就要睡觉。那时您先把他的书拿去了，就可以捶碎他的脑袋，或者用一根木头敲破他的头颅，或者用一根棍子戳破他的肚肠，或者用您的刀割断他的喉咙。记好先要把他的书拿到手；因为他一失去了他的书，就是一个跟我差不多的大傻瓜，也没有一个精灵会听他指挥；这些精灵们没有一个不像我一样把他恨之入骨。只要把他的书烧了就是了。他还有些出色的家具，预备造了房子之后陈设起来的；但第一应该放在心上的是他那美貌的女儿。他自己说她是完美无比；我从来不曾见过一个女人，除了我的老娘西考拉克斯和她之外；可是她比西考拉克斯真要好看不知多少倍了，正像天地的差别一样。

斯蒂番诺：是这样一个出色的姑娘吗？

卡列班：是的，老爷，我可以担保您跟她睡觉是再合适也没有的啦，她会给您生下漂亮的小子来。

斯蒂番诺：怪物，我一定要把这人杀死，他的女儿和我做国王和王后，上帝保佑我们陛下！屈林鸠罗和你做总督。你赞成不赞成这计策，屈林鸠罗？

屈林鸠罗： 好极了。

斯蒂番诺： 让我握你的手。我很抱歉打了你；可是你活着的时候，总以少开口为妙。

卡列班： 在这半点钟之内他就要入睡；您愿不愿就在这时候杀了他？

斯蒂番诺： 好的，凭着我的名誉起誓。

爱丽儿： 我要告诉主人去。

卡列班： 您使我很高兴，我心里充满了快乐。让我们畅快一下。您肯不肯把您刚才教给我的曲子唱起来？

斯蒂番诺： 准你所奏，怪物，凡是合乎道理的事我都可以做。来啊，屈林鸠罗，让我们唱歌。（唱）

嘲弄他们，讥讽他们，

讥讽他们，嘲弄他们，

思想多么自由！

卡列班： 这调子不对。

【爱丽儿击鼓吹箫，依调而奏。

斯蒂番诺： 这是什么声音？

屈林鸠罗： 这是我们的歌的曲子，在空中吹奏着呢。

斯蒂番诺： 你倘若是一个人，像一个人那样出来吧；你倘若是一个鬼，也随你显出怎样的形状来吧！

屈林鸠罗： 饶恕我的罪过呀！

斯蒂番诺： 人一死就什么都完了，我不怕你。但是可怜我们吧！

卡列班： 您害怕吗？

斯蒂番诺： 不，怪物，我怕什么？

卡列班： 不要怕。这岛上充满了各种声音和悦耳的乐调，使人听了愉快，不会伤害人。有时成千叮叮咚咚的乐器在我耳边鸣响，有时在我酣睡醒来，听见了那种声音，又使我沉沉睡去；那时在梦中便好像云端里开了门，无数珍宝要向我倾倒下来。当我醒来之后，我简直哭了起来，希望重新做一遍这样的梦。

斯蒂番诺： 这倒是一个出色的国土，可以不费钱白听音乐。

卡列班： 但首先您得杀死普洛斯帕罗。

斯蒂番诺： 那事我们不久就可以动手，我记得很牢。

屈林鸠罗： 这音乐离开了；让我们跟着它，然后再干我们的事。

斯蒂番诺： 领着我们走，怪物，我们跟着你。我很希望见一见这个打鼓的家伙，看样子他奏得挺不错。

屈林鸠罗： 来吗？我跟着你走，斯蒂番诺。（同下）

第三场　岛上的另一处

【阿朗索、塞巴斯蒂安、安东尼奥、贡札罗、阿德里安、弗朗西斯科及余人等上。

贡札罗： 天哪！我走不动啦，陛下，我的老骨头在痛。这儿的路一条直一条弯的，完全把人迷昏了！要是您不见怪，我必须休息一下。

阿朗索： 老人家，我不能怪你。我自己也心灰意懒，疲乏得很。坐下来歇歇吧。现在我已经断了念头，不再自己哄自己了。他一定已经淹死了，尽管我们乱摸瞎撞地找寻他；海水也在嘲笑着我们在岸上的无益寻觅。算了吧，让他死了就完了！

安东尼奥： （向塞巴斯蒂安旁白）我很高兴他这样灰心。一刻也别忘了你决心要干的那件事。

塞巴斯蒂安： （向安东尼奥旁白）下一次的机会我们一定不要错过。

安东尼奥： （向塞巴斯蒂安旁白）就在今夜吧。他们现在已经走得很疲乏，一定不会，而且也不能再有那么好的精神来警戒了。

塞巴斯蒂安：（向安东尼奥旁白）好，今夜吧。不要再说了。

【庄严而奇异的音乐。普洛斯帕罗自上方隐形上。下侧若干奇形怪状的精灵抬了一桌酒席进来；他们围着它而跳舞，且作出各种表示敬礼的姿势，邀请国王等人就餐后退去。

阿朗索： 这是什么音乐？好朋友们，听哪！

贡札罗： 神奇的甜美的音乐！

阿朗索： 上天保佑我们！这些是什么？

塞巴斯蒂安： 活生生的木偶戏！现在我才相信世上有独角兽，阿拉伯有凤凰所栖的树，上面有一只凤凰至今活着。

安东尼奥： 这两样我都相信；要是此外还有什么难以置信的东西，都来告诉我好了，我一定会发誓说那是真的。旅行的人决不会说谎话，足不出门的傻瓜才嗤笑他们。

贡札罗： 要是我现在在那不勒斯，把这事告诉了别人，他们会相信我吗？要是我对他们说，我看见岛上的人如此这般——这些当然是岛上的人——虽然他们的形状生得很奇怪，然而倒是很有礼貌，很和善，在我们人类中也难得见到的。

普洛斯帕罗：（旁白）正直的老人家，你说得不错；因为在你们自己一群人当中，就有几个人比魔鬼还要坏。

阿朗索：我并不感到吃惊。虽然不开口，但他们的那种形状，那种手势，那种音乐，都表示出一种很明白的意思。

普洛斯帕罗：（旁白）且慢称赞吧。

弗朗西斯科：他们消失得很奇怪。

塞巴斯蒂安：不要紧，既然他们把食物留下，我们有肚子就该享用。——您要不要尝尝试试看？

阿朗索：我可不想吃。

贡札罗：真的，陛下，您无须胆小。当我们还是孩子的时候，谁肯相信一种山里人像牛一样在喉头长着肉袋？谁又肯相信有一种人的头是长在胸膛上的？可是我们现在都相信每个归来的游客都会为我们带来的证明。

阿朗索：好，我要吃，即使这是我的最后一餐。有什么关系呢？我的最好的日子也已经过去了。贤弟，公爵，陪我们一起来吃吧。

【雷电。爱丽儿化成怪鸟上，以翼击桌，筵席顿时消失——用一种特别的机关装置。

爱丽儿：你们是三个有罪的人，操纵着尘世的天命，使贪馋的怒海把你们吐了出来。在这无人居住的岛上，你们在一切人中间是最不适于生存的。我已经使你们丧失了理智。（阿朗索、塞巴斯蒂安等拔剑）你们这群傻瓜！我和我的同伴们都是命运的使者；你们的刀剑不能损害我们身上的分毫，正像把它们砍向呼啸的风，刺向汹涌的水波一样。而且即使它们能够把我们伤害，现在你们也已经没有力量把臂膀举起来了。好生记住吧，我来就是要告诉你们，你们三个人在米兰把善良的普洛斯帕罗篡逐，你们把他和他的无辜的婴孩放逐在海上，如今你们也受到同样的报应了。为着这件恶事，上天虽然并不把惩罚立刻加在你们身上，却并没有轻轻放过，已经使所有的海，所有的陆地，以及一切生灵来和你们作对了。你，阿朗索，已经丧失了你的儿子。我再向你宣告，延绵的灾难——比任何一种死亡都更可怕——将要一步步临到你和你生命的途程中；除非痛悔前非，以后洗心革面做一个清白的人，否则在这荒岛上，天谴已经迫在眼前了！

【爱丽儿在雷鸣中隐去。柔和的乐声复起；精灵们重上，跳舞且作揶揄状，把空桌抬下。

普洛斯帕罗：（旁白）你把这怪鸟扮演得很好，我的爱丽儿，有一种非凡的气势，我叫你说的话你一句也没有漏去；就是那些小精灵们也个个非常出力。我的神通已经显出力量，我的这些仇人们已经惊惶得不能动弹，他们都已经在我的控制之下了。现在我要在这种情形下离开他们，去探视他们以为已经淹死了的年轻的弗迪南德和他的也是我的亲爱的人儿。（自

上方下）

贡札罗： 凭着神圣的名义，陛下，为什么您这样呆呆地站着？

阿朗索： 啊，那真是可怕！可怕！我觉得海潮在那儿这样告诉我；风在那儿把它唱进我的耳中；深沉而可怕的雷鸣在向我震出普洛斯帕罗的名字，它用宏亮的低音宣布了我的罪恶。这样看来，我的孩子是一定葬身在海底的软泥之下了。我要到深不可测的海底去寻找他，跟他睡在一块儿！（下）

塞巴斯蒂安： 要是这些鬼怪们一个一个地来，我可以打得过他们。

安东尼奥： 让我助你一臂之力。（塞巴斯蒂安、安东尼奥下）

贡札罗： 这三个人都有些不顾死活的神气。他们的重大罪恶像隔了好久才发作的毒药一样，现在已经在开始咬啮他们的灵魂了。你们是比较善于临机应变一些的，请快快追上去，防止他们做出什么疯狂的举动来。

阿德里安： 你们跟我来吧。（同下）

第四幕

第一场 普洛斯帕罗洞室之前

【普洛斯帕罗、弗迪南德、米兰达上。

普洛斯帕罗： 要是我曾经给你太严厉的惩罚,你也已经得到了补偿;因为我已经把我生命中的一部分给了你,我是为了她才活着的。现在我再把她交到你的手里:你所受的一切苦恼都不过是我对你的爱情的考验,而你能异常坚强地忍受它们。这里我当着天,许给你这个珍贵的赏赐。弗迪南德啊,不要笑我这样把她夸奖,你自己将会知道一切的称赞比起她自身的美好来,都是瞠乎其后的。

弗迪南德： 我绝对相信您的话。

普洛斯帕罗： 那么作为我的赠礼,也是你应得的收获,接受我的女儿吧。但在一切神圣的仪式没有充分给你许可之前,你不能侵犯她处女的尊严;否则你们的结合将不能得到上天的美满的祝福,冷淡的憎恨、白眼的轻蔑和不睦将使你们的姻缘中长满令人嫌恶的毒草。所以小心一点吧,婚姻之神的明灯将照引着你们!

弗迪南德: 我希望的是以后在和如今一样的爱情中享受着平和的日子、漂亮的儿女和绵绵的生命,因此即使在最幽冥的暗室中,当我以为太阳神的骏马在途中颠踬,或是黑夜被羁留在下界的时候,伺隙而来的魔鬼的最强烈的煽惑,也不能使我的荣誉化为淫欲,以致破坏婚礼那天庆祝活动的欢乐。

普洛斯帕罗: 说得很好。坐下来跟她谈谈吧,她是属于你的。喂,爱丽儿!我勤劳的仆人,爱丽儿!

【爱丽儿上。

爱丽儿: 我的威严的主人有什么吩咐?我在这里。

普洛斯帕罗: 你跟你的小伙计们把刚才的事情办得很好;我必须再差你们做一件这样的把戏。去把你手下的小喽啰们召唤到这儿来;叫他们赶快装扮起来:因为我必须在这一对年青人的面前显示一下我的法术,我曾经答应过他们,他们也在盼望着。

爱丽儿: 即刻吗?

普洛斯帕罗: 是的,一眨眼的时间内就得办好。

爱丽儿: 　　　　　　你来去还不曾出口,

> 你呼吸还留着没透,
>
> 我们早脚尖儿飞快,
>
> 扮鬼脸大伙儿都在,
>
> 主人,你爱我不爱?

普洛斯帕罗: 我很爱你,我伶俐的爱丽儿!在我没有叫你之前,不要就来。

爱丽儿: 好,我知道。(下)

普洛斯帕罗: 当心保持你的忠实,不要太恣意调情。血液中的火焰一燃烧起来,最坚强的誓言也就等于草秆。节制一些吧,否则你的誓约就要守不住了!

弗迪南德: 请您放心,老人家,皎白的处女的冰雪,早已抑服了我胸中的欲火。

普洛斯帕罗: 好。——出来吧,我的爱丽儿!不要让精灵们缺少一个,多一个倒不妨。轻轻快快地出来吧!大家不要响,只许静静地看!

【柔和的音乐;假面剧开始。精灵扮彩虹女神埃利斯上。

埃利斯: 塞瑞斯,最丰饶的女神,我是天后的信使,传旨请你离开你那繁荣着小麦、大麦、黑麦、燕麦、野豆、豌豆的良田;离开你那羊群所游息的茂草的山坡,以及饲牧它们的满铺着刍草的平原;离开你那生长着立金花和蒲苇的堤岸,多雨的四月奉着你的命令而把它装饰着的,在那里给清冷的水仙女们备下了洁净的新冠;离开你那为失恋的情郎们所爱好而徘徊其下的金雀花的薮丛;你那牵藤的葡萄园;你那荒瘠崎岖的海滨,你所散步游息的场所:请你离开这些地方,到这里的草地上来,和尊严的天后陛下一同游戏;她的孔雀已经轻捷地飞翔起来了,请你来陪驾吧,富有的塞瑞斯。

【谷物女神塞瑞斯上。

塞瑞斯: 万福,五彩缤纷的使者,你永远服从着天后的命令。你常用你橙黄色的翅膀在我的花朵上洒下甘露和清鲜的阵雨,用你青色的弓的两端为我的林木丛生的地亩和没有灌枝的高原披上了富丽的肩巾:敢问你的王后唤我到这长满矮草的原野上来,有什么吩咐?

埃利斯: 为要庆祝一对真心的爱情的结合,大量地赐福惠于这一双有福的恋人。

塞瑞斯: 告诉我,彩虹,你知不知道维纳斯或她的儿子是否也随侍着天后?自从她们用诡计使我的女儿陷在幽冥的狄斯的手中以后,我已经立誓不再见她和她那瞎儿子的无耻的面孔。

埃利斯: 不要担心会碰见她。我遇见她的灵驾正冲云破雾向帕福斯而去,她的儿子驱着白鸽随在她后面。她们因为这里的这一对男女曾经立誓在婚姻之神的火炬未燃着以前不得同衾,因此想要在他们身上干一些无赖的把戏，可是白费了心机；战神的宠人已经满心暴躁地回去；她那发恼的儿子已经折断了他的弓，发誓以后不再射人，只是跟麻雀们开开玩笑，做一个好孩子了。

塞瑞斯： 最高贵的天后，伟大的朱诺来了，从她的步履上我辨认得出来。

【朱诺上。

朱诺： 我的丰饶的贤妹安好？跟我去祝福这一对新人，让他们一生幸福，产出美好的后裔来。（唱）

　　　　富贵尊荣，美满良姻，

　　　　百年偕老，子孙盈庭；

　　　　幸福朝朝，欢娱暮暮，

　　　　朱诺向你们恭贺！

塞瑞斯： （唱）田多落穗，积谷盈仓，

　　　　葡萄成簇，摘果满筐；

　　　　秋去春来，如心所欲，

　　　　塞瑞斯为你们祝福！

弗迪南德： 这是一个最神奇的幻景，这样迷人而谐美！我想这些大概都是精灵呢！

普洛斯帕罗： 是的，这些是我从他们的世界里用法术召唤来实现

我现时的想象的精灵们。

弗迪南德：让我在这里度过一生吧！有着这样一位人间稀有的神奇而贤哲的父亲，这地方简直是天堂了。

【朱诺与塞瑞斯作耳语，授命令于埃利斯。

普洛斯帕罗：亲爱的，莫作声！朱诺与塞瑞斯在那儿严肃地耳语，将要有一些另外的事情，嘘！不要开口！否则我们的魔法就要破解了。

埃利斯：戴着蒲苇之冠，眼光永远是那么柔和的，住在蜿蜒的河流中的仙女们啊！离开你们那涡卷的河床，到这青青的草地上来答应朱诺的召唤吧！前来，冷洁的水仙们，伴着我们一同庆祝一段良缘的缔结，不要太迟了。

【若干水仙女上。

埃利斯：你们在八月的日光下蒸晒着的辛苦的刈禾人，离开你们的田亩，到这里来欢乐一番；戴上你们麦秆的帽子，一个一个地来和这些清艳的水仙们跳起乡村的舞蹈来吧！

【若干服饰齐整的刈禾人上，和水仙女们一齐作优美的跳舞；临了时普洛斯帕罗突然开口说话，在一阵奇异的、幽沉的、杂乱的声音中，众精灵悄然隐去。

普洛斯帕罗：（旁白）我已经忘记了那个畜生卡列班和他的同党想来谋取我生命的奸谋，他们所定的时间已经差不多到了。（向

第四幕 第一场 普洛斯帕罗洞室之前

精灵们）很好！现在结束了，去吧！

弗迪南德： 这可奇怪了，你的父亲在发火。

米兰达： 直到今天为止，我从来不曾看见过他狂怒到这个样子。

普洛斯帕罗： 王子，你看上去似乎有点惊疑。高兴起来吧，我的孩子，我们的狂欢已经结束了。我们的这些演员们，我曾经告诉过你，原是一群精灵，都已化成淡烟而消散了。如同这段幻景的虚妄的构成一样，入云的楼阁，瑰伟的宫殿，庄严的厅堂，甚至地球自身，以及地球上所有的一切，都将同样消散，就像这一场幻景，连一点烟云的影子都不曾留下。我们都是梦中的人物，我们的一生是在酣睡之中。王子，我心中有些纷乱，原谅我不能控制我的弱点；我的衰老的头脑有些昏了。不要因为我的烦恼而不安。假如你们愿意，请回到我的洞里休息一下。我将散散步，安定安定我焦躁的心境。

弗迪南德、米兰达： 愿你平静下来。（下）

普洛斯帕罗： 赶快来！（向弗迪南德、米兰达）谢谢你们。爱丽儿，来啊！

【爱丽儿上。

爱丽儿： 我永远准备着执行你的意志。有什么吩咐？

普洛斯帕罗： 精灵，我们必须预备着对付卡列班。

爱丽儿： 是的，我的发令者，我在扮演谷物女神的时候就想对你说，可是我怕触怒了你。

普洛斯帕罗： 再对我说一次，你把这些恶人们安置在什么地方？

爱丽儿： 我告诉过你，主人，他们喝得醉醺醺的，勇敢得了不得；他们怒打着风，因为风吹到了他们的脸上，痛击着地面，因为地面吻了他们的脚；但总是不忘记他们的计划。于是我打起小鼓来。一听见了这声音，他们便像狂野的小马一样，竖起了他们的耳朵，睁大了他们的眼睛，张开了他们的鼻孔，似乎音乐是可以嗅到的样子。这样我迷惑了他们的耳朵，使他们像小牛跟从着母牛的叫声一样，跟我走过了一簇簇长着尖齿的野茨，咬人的刺金雀和锐利的荆棘丛，把他们可怜的胫骨刺穿。最后我把他们遗留在离这里不远的那口污水池中，在那里他们手舞足蹈，把一池臭水搅了个满身。

普洛斯帕罗： 干得很好，我的鸟儿。你仍旧隐形前去，把我室内华丽的衣服拿来，好把这些恶贼们诱上圈套。

爱丽儿： 我去，我去。（下）

普洛斯帕罗： 一个魔鬼，一个天生的魔鬼，教养也改不了他的天性。在他身上我好心的努力全然都是白费。他的形状随着年纪而一天比一天更丑陋，他的心也一天一天腐烂下去。我要把他们狠狠惩治一番，直至他们因痛苦而呼号。

【爱丽儿携带许多华丽服饰上。

第四幕　第一场　普洛斯帕罗洞室之前

普洛斯帕罗： 来，把它们挂起在这根绳上。

　　　　【普洛斯帕罗与爱丽儿隐身留原处。卡列班、斯蒂番诺、
　　　　屈林鸠罗三人浑身淋湿上。

卡列班： 请你们脚步轻些，不要让瞎眼的鼹鼠听见了我们的脚步声。我们现在已经走近他的洞窟了。

斯蒂番诺： 怪物，你说你那个不会害人的精灵简直跟我们开了一个不大不小的玩笑。

屈林鸠罗： 怪物，我满鼻子都是马尿的气味，把我恶心得不得了。

斯蒂番诺： 我也是这样。你听见了吗，怪物？要是我讨厌起你来，当心点儿——

屈林鸠罗： 你不过是一个走投无路的怪物罢了。

卡列班： 好老爷，不要恼我，耐心些；因为我将要带给您的好处可以抵过这场不幸。请你们轻声讲话，大家要静得好像在深夜里一样。

屈林鸠罗： 呃，可是我们的酒瓶也落在池里了。

斯蒂番诺： 这不单是耻辱和不名誉，简直是巨大的损失。

屈林鸠罗： 这比浑身淋湿更使我痛心。可是，怪物，你却说那是你那个不会害人的精灵。

斯蒂番诺： 我一定要去把我的酒瓶捞起来，即使我必须付出巨大的努力。

卡列班：我的王爷，请您安静下来。瞧这里，这便是洞口了。不要响，走进去。把那件大好的恶事干起来，这岛便是属您所有的了。我，您的卡列班，将要永远舐您的脚。

斯蒂番诺：让我握你的手，我开始动了杀人的念头了。

屈林鸠罗：啊，斯蒂番诺大王！大老爷！尊贵的斯蒂番诺！瞧这儿有多么好的衣服给您穿呀！

卡列班：让它去，你这蠢货！这些不过是废物罢了。

屈林鸠罗：哈哈，怪物！什么是旧衣庄上的货色，我们是看得出来的。啊，斯蒂番诺大王！

斯蒂番诺：放下那件袍子，屈林鸠罗！凭着我这手起誓，那件袍子我要的。

屈林鸠罗：请大王拿去好了。

卡列班：愿这傻子浑身起水肿！你老是恋恋不舍这种废料有什么意思呢？让我们先去行刺。要是他醒了，他会使我们从脚心到头顶遍体鳞伤，把我们弄成不知像一个什么样子。

斯蒂番诺：别开口，怪物！绳子太太，这不是我的短外套吗？可是它本来挂在你绳上，现在挂在我身上。短外套呀，你恐怕要脱毛，变成一件光板短外套了。

屈林鸠罗：妙极了，大王高兴的话，让我们横七竖八一齐偷了去。

斯蒂番诺：你这句话说得很妙，赏给你这件衣服吧。只要我做这里的国王,聪明人总不会被亏待的。"横七竖八偷了去"是一句绝妙的俏皮话,再赏你一件衣服。

屈林鸠罗: 怪物,来啊,涂一些胶在你的手指上,把其余的都拿去吧。

卡列班: 我什么都不要。我们将要错过时间,大家要变成蠢鹅或是额角低得难看的猴子了!

斯蒂番诺: 怪物,别连手都不动一动。给我把这件衣服拿到我那放着大酒桶的地方去,否则我的国境内不许你立足。去,把这拿了去。

屈林鸠罗: 还有这一件。

斯蒂番诺: 呃,还有这一件。

【幕内猎人的声音。若干精灵化作猎犬上,将斯蒂番诺等三人追逐;普洛斯帕罗和爱丽儿嗾着它们。

普洛斯帕罗: 嗨!高山,嗨!

爱丽儿: 白银!那边去,白银!

普洛斯帕罗: 狂怒!狂怒!那边,霸王!那边!听,听!(卡列班、斯蒂番诺、屈林鸠罗被驱下)去叫我的妖精们用厉害的痉挛磨他们的骨节;叫他们的肌肉像老年人那样抽搐起来,叫他们满身的伤痕比豹子或山猫身上的斑点还要多。

爱丽儿: 听!他们在呼号呢。

普洛斯帕罗: 让他们痛痛快快地被追赶一阵子。此刻我的一切仇

人都在我手掌之中了；不久我的工作便可完毕，你就可以呼吸自由的空气，现在你再跟我来，帮我一个忙吧。（同下）

第五幕

第一场　普洛斯帕罗洞室之前

【普洛斯帕罗穿法衣上，爱丽儿随上。

普洛斯帕罗：现在我的计划将告完成。我的魔法毫无闪失，我的精灵们俯首听命，一切按部就班顺利地过去。是什么时候了？

爱丽儿：将近六点钟。你曾经说过，主人，在这时候我们的工作应当结束。

普洛斯帕罗：当我刚兴起这场暴风雨的时候，我曾经这样说过。告诉我，我的精灵，国王和他的侍从们怎么样啦？

爱丽儿：按照着你的吩咐，他们仍旧囚禁在一起，如同你离开他们的时候一样，在为你的洞室遮阳的那株大菩提树下聚集着这一群囚徒；你要是不把他们释放，他们便一步路也不能移动。国王、他的弟弟和你的弟弟，三个人都疯了；其余的人在为他们悲泣，充满了忧伤和惊骇；尤其是那位你称为"善良的老大臣贡扎罗"的,他的眼泪一直从他的胡须上滴了下来,就像从茅檐上流下来的冬天的雨滴一样。你在他们身上所施的魔术的力量是这么大,要是你现在看见了他们,你的心也一定会软了下来。

普洛斯帕罗: 你是这样想吗,精灵?

爱丽儿: 如果我是人类,主人,我会觉得不忍心的。

普洛斯帕罗: 我的心也将会觉得不忍。你不过是一阵空气罢了,居然也会感觉到他们的痛苦;我是他们的同类,跟他们一样敏锐地感到一切,和他们有着同样的感情,难道我的心反会比你更硬吗?虽然他们这样迫害我,使我痛心切齿,但是我宁愿压服我的愤恨而听从我更高尚的理性,道德的行动较之复仇要可贵得多。要是他们已经悔过,我的唯一的目的也就达到了,不再对他们更有一点怨恨。去把他们释放了吧,爱丽儿。我要为他们解去我的魔法,唤醒他们的知觉,让他们仍旧恢复本来的面目。

爱丽儿: 我去领他们来,主人。(下)

普洛斯帕罗: 你们山河林沼的小妖们;踏沙无痕,追逐着退潮时的海神,而他一转身来,便又倏然逃去的精灵们;在月下的草地上留下了环舞的圈迹,使羊群不敢走近的小神仙们;以及在半夜中以制造菌蕈为乐事,一听见肃穆的晚钟便雀跃起来的你们！虽然你们不过是些弱小的孩儿，但我凭借着你们的帮助，才能遮暗了中天的太阳，唤起了作乱的狂风，在青天碧海之间激起了浩荡的战争；我把火给予震雷，用朱庇特的霹雳劈碎了他自己那株粗干的橡树；我使稳固的海岬震动，连根拔起了松树和杉柏；遵循着我法力无边的命令，坟墓中的长眠者也被惊醒，打开了墓门而出来。但现在我要捐弃这种狂暴的魔术，仅仅再要求一些微妙的天乐，化导他们的心性，使我能得到我所希望的结果；以后我将折断我的魔杖，把它埋在幽深的地底，把我的书投向深不可测的海心。

【庄严的音乐。爱丽儿复上；他的后面跟随着神情狂乱的阿朗索，由贡札罗随侍；塞巴斯蒂安与安东尼奥也和阿朗索一样，由阿德里安及弗朗西斯科随侍；他们都步入普洛斯帕罗在地上所划的圆圈中，被魔法所禁，呆立不动。

普洛斯帕罗： 庄严的音乐是对于昏迷的幻觉的无上安慰，愿它医治好你那在煎炙着的失去作用的脑筋！站在那儿吧，因为你们已经被魔法所制伏了。圣人一样的贡札罗，可尊敬的人！我的眼睛一看见了你，便油然坠下同情的眼泪来。魔术的力量在很快地消失，如同晨光悄悄掩袭暮夜，把黑暗消解了一样，他们那开始抬头的知觉已经在驱除那蒙蔽住他们清明的理智的迷糊的烟雾了。啊，善良的贡札罗！不单是我的真正的救命恩人，也是你所跟随着的君主的一位忠心耿耿的臣子，我要在名义上、在实际上重重报答你的好处。你，阿朗索，对待我们父女的手段未免太残酷了！你的兄弟也是一个帮凶。你现在也受到惩罚了，塞巴斯蒂安！你，我的骨肉之亲的兄弟，为着野心，忘却了怜悯和天性；在这里又要和塞巴斯蒂安谋杀你们的君王，为着这缘故，他的良心所受的惩罚是十分厉害的；我宽恕了你，虽然你的天性是这样刻薄！他们的知觉的浪潮已经在渐渐激涨起来，不久便要冲上现在还是一片黄泥的理智的海岸。在他们中间还不曾有一个人看见我，或者会认出我。爱丽儿，给我到洞里去把我的帽子和佩剑拿来。（爱丽儿下）我要显出我的本来面目，重新打扮成旧时的米兰公爵的样子。快一些，精灵！你不久就可以自由了。

【爱丽儿复上，唱歌，一面帮助普洛斯帕罗装束。

爱丽儿： （唱）蜂儿吮吸的地方，我也在那儿吮啜；

在一朵莲香花的冠中我躺着休息；

我安然睡去，当夜枭开始它的呜咽。

骑在蝙蝠背上我快活地飞舞翩翩，

快活地快活地追随着逝去的夏天；

快活地快活地我要如今

向垂在枝头的花底安身。

普洛斯帕罗： 啊，那真是我的可爱的爱丽儿！我真舍不得你，但你必须有你的自由。——好了，好了。——你仍旧隐身到国王的船里去：水手们都在舱口下面熟睡着，去唤醒船长和水手长之后，把他们引到这里来！快一些。

爱丽儿： 我乘风而去，在你的脉搏跳了两次之前就会回来。（下）

贡札罗： 这儿有着一切的迫害、苦难、惊奇和骇愕；求神圣把我们带出这可怕的国土吧！

普洛斯帕罗： 请您看清楚，陛下，受迫害的米兰公爵普洛斯帕罗在这里。为使您相信对你讲话的是一个活着的公爵，让我拥抱您，对您和您的同伴们，我表示竭诚欢迎！

阿朗索： 我不知道你真的是不是他，或者不过是一些欺人的鬼魅，如同我不久以前所遇到的。但是你的脉搏跳得和平常血肉的人一样，而且自从我一见你之后，那使我发狂的精神上的痛苦已减轻了许多。如果这是一件实在发生的事，那定然是一段最稀奇的故事。你的公国我奉还给你，并且恳求你饶恕我的罪恶。但是普洛斯帕罗怎么还会活着而且在这里呢？

普洛斯帕罗： 尊贵的朋友，先让我把您老人家拥抱一下。您的崇高是不可限量的。

贡札罗： 我不能确定这是真的还是虚妄。

普洛斯帕罗： 这岛上的一些海市蜃楼曾经欺骗了你，以致使你不敢相信确实的事情。——欢迎啊，我的一切的朋友们！（向塞巴斯蒂安、安东尼奥旁白）但是你们这一对贵人，要是我不客气的话，我可以引起国王对你们的怨恨，并证明你们是叛徒。可是现在我不想揭发你们。

塞巴斯蒂安： （旁白）魔鬼在他嘴里说话吗？

普洛斯帕罗： 不。讲到你，恶人，称你是兄弟也会玷污了我的齿舌，但我饶恕了你的最卑劣的罪恶，一切全不计较了，我单单要向你讨还我的公国，那我知道你是不得不交还的。

阿朗索： 如果你是普洛斯帕罗，请告诉我们你的遇救的详情，怎么你会在这里遇见我们。在三小时以前，我们的船毁没在这海岸的附近，在这里——想起来真让我感到痛心——我失去了我的亲爱的儿子！弗迪南德。

普洛斯帕罗： 我为此感到难过，陛下。

阿朗索： 这损失是无可挽回的，忍耐也已经失去了它的效用。

普洛斯帕罗： 我觉得您还不曾向忍耐求助。我自己也曾经遭到和您同样的损失，但借着忍耐慈惠的力量，我安之若素。

阿朗索： 你也遭到同样的损失！

普洛斯帕罗： 对我正是同样重大，而且也是同样新近的事。和您相比，我更缺少任何安慰的可能，我所失去的是我的女儿。

阿朗索： 一个女儿吗？天啊！要是他们俩都活着在那不勒斯，一个做国王，一个做王后，那将是多么美满！真能这样的话，我宁愿自己长眠在我的孩子现今所在的海底。你的女儿是什么时候失去的？

普洛斯帕罗： 就在这次的暴风雨中。我看这些贵人们因为太惊愕于这次的遭遇，惶惑得不能相信他们眼睛所见的是真实，他们嘴里所说的是真的言语。但是，不论你们心里怎样迷惘，请你们相信我确实是普洛斯帕罗，从米兰被放逐出来的公爵；因了不可思议的偶然，恰恰在这儿你们沉舟的地方做了岛上的主人。关于这事现在不要再多谈了，因为那要好多天才讲得完，不是一顿饭的时间所能叙述得了，而且也不适宜于我们这初次的相聚。欢迎啊，陛下！这洞窟便是我的宫廷，在这里我也有寥寥的几个从者，此外再没有别的臣民了。请您向里面探望一下。因为您给还了我的王国，我也要用一件同样好的礼物答谢您；至少也要献出一个奇迹来，使它给予您安慰，正像我的公国安慰了我一样。

【洞门开启，弗迪南德与米兰达在内对弈。

米兰达： 好人，你在捉弄我。

弗迪南德： 不，我的最亲爱的，即使给我整个世界，我也不愿欺负你。

米兰达： 你应该为了这个世界这样去做，即使是为了二十个王国也应竭力与我对阵，我会说这是一场公正的游戏。

阿朗索： 倘使这不过是这岛上的一场幻景，那么我将要两次失去我的亲爱的孩子了。

塞巴斯蒂安： 不可思议的奇迹！

弗迪南德： 海水虽然显得那样凶暴，然而却是仁慈的；我错怨了它们。

【向阿朗索跪下。

阿朗索： 让一个快乐的父亲的所有的祝福拥抱着你！起来，告诉我你是怎么会到这里来的。

米兰达： 真是奇迹！这里有多少好看的人！人类是多么美丽！啊，新奇的世界，有这么出色的人物！

普洛斯帕罗： 对于你这是新奇的。

阿朗索： 和你一起玩着的这女郎是谁？你们认识顶多也不过三个钟点。她是不是就是把我们拆散了又使我们重新聚合的女神？

弗迪南德： 父亲，她是凡人，但借着上天的旨意她是属于我的；我选中她的时候，无法征询父亲的意见，而且那时我也不相信我还有一位父亲。她就是这位著名的米兰公爵的女儿；我常常听见说起他的名字，但从没有看见过他一面。从他的手里我得到了第二次生命；而现在这位女郎使他成为我的第二个父亲。——

阿朗索: 那么我也是她的父亲了。但是,唉,听起来多么让人吃惊,我必须向我的孩子要求宽恕!

普洛斯帕罗: 好了,陛下,别再说了。让我们不要把过去的不幸重压在我们的记忆之上。

贡札罗: 我在内心流泪,否则我早就开口了。天上的神明们,请俯视尘寰,把一顶幸福的冠冕降临在这一对青年的头上;因为把我们带到这里来相聚的,完全是上天的主意!

阿朗索: 我说阿门,贡札罗!

贡札罗: 米兰的主人被逐出米兰,而他的后裔将成为那不勒斯的王族吗?啊,这是超乎寻常的喜事,应当用金字把它铭刻在柱上,好让它传至永久。在一次航程中,克拉莉贝尔在突尼斯获得了她的丈夫;她的兄弟弗迪南德又在他迷失的岛上找到了一位妻子;普洛斯帕罗在一座荒岛上收回了他的公国;而我们大家呢,在每个人迷失了本性的时候,重新寻到了各人的自我。

阿朗索: (向弗迪南德、米兰达)让我握你们的手:谁不希望你们快乐的,让忧伤和悲哀永远占住他的心灵!

贡札罗: 但愿如此,阿门。

【爱丽儿重上,船长和水手长惊愕地随在后面。

贡札罗: 瞧啊,陛下,瞧!又有几个我们的人来啦。我曾经预言过,只要陆地上有绞架,这家伙一定不会淹死。——喂,你这谩骂的东西!在船上由得你指天骂日,怎么一上了岸响都不响了呢?难道你没有把你的嘴巴带到岸上来吗?有什么消息?

水手长: 最好的消息是我们平安地找到了我们的王上和同伴;其次,在三个钟点以前我们还以为已经撞碎了的那条船,却正和第一次下水的时候那样结实完好,齐齐整整。

爱丽儿: (向普洛斯帕罗旁白)主人,这些都是我去了以后所做的事。

普洛斯帕罗: (向爱丽儿旁白)我的足智多谋的精灵!

阿朗索: 这些事情都异乎寻常,它们越来越奇怪了。说,你怎么会到这儿来的?

水手长: 大王,要是我自己觉得我是清清楚楚地醒着,也许我会勉强告诉您。可是我们都睡得像死去一般,也不知道怎么一下子,都给关闭在舱口底下了。就在不久之前我们听见了各种奇怪的响声、怒号、哀叫、狂呼、铛锒的铁链声以及此外许多可怕的声音,把我们闹醒。立刻我们就自由了:我们看见庄严的王船丝毫无恙明明白白在我们的眼前;我们的船长一面看着它,一面手舞足蹈。忽然一下子莫名其妙地,我们就像在梦中一样糊里糊涂地离开了那边,被带到这里来了。

爱丽儿: (向普洛斯帕罗旁白)干得好不好?

第五幕　第一场　普洛斯帕罗洞室之前

普洛斯帕罗：（向爱丽儿旁白）出色极了，我的勤劳的精灵！你就要得到自由了。

阿朗索： 这真是人类涉足过的最奇异的迷宫。这种事情一定有一个超自然的势力在那儿指挥着。愿神明的启迪给我们一些指示吧！

普洛斯帕罗： 陛下，不要因为这种怪事而使您心里迷惑不宁，不久我们有了空暇，我便可以简简单单地向您解答这种种奇迹，使您觉得这一切发生的事情未尝不是可能的。现在请高兴起来，把什么事都往好的方面着想吧。（向爱丽儿旁白）过来，精灵，把卡列班和他的伙伴们放出来，解去他们身上的魔法。（爱丽儿下）怎样，陛下？你们的一伙中还缺少几个人，一两个为你们所忘记了的人物。

【爱丽儿驱卡列班、斯蒂番诺、屈林鸠罗上，各人穿着他们所偷得的衣服。

斯蒂番诺： 让各人为别人打算，不要顾到自己，因为一切都是命。勇气啊！出色的怪物，勇气啊！

屈林鸠罗： 要是装在我头上的眼睛不曾欺骗我，这里的确很堂皇的样子。

卡列班： 塞提柏斯呀！这些才真是出色的精灵！我的主人真是一表非凡！我害怕他要责罚我。

塞巴斯蒂安：哈哈！这些是什么东西，安东尼奥大人？可以不可以用钱买的？

安东尼奥：大概可以吧。他们中间的一个完全是一条鱼，而且一定很可以卖几个钱。

普洛斯帕罗：各位大人，请瞧一瞧这些家伙们身上穿着的东西，就可以知道他们是不是好东西。这个奇丑的恶汉的母亲是一个很有法力的女巫，能够指挥月亮潮汐，做出种种不可能的事来。这三个家伙作贼偷了我，这个魔鬼生下来的杂种又跟那两个东西商量谋害我的生命。那两人你们应当认识，是你们的人，这个坏东西我必须承认是属于我的。

卡列班：我免不了要被揍得死去活来。

阿朗索：这不是我喝醉了酒的管家斯蒂番诺吗？

塞巴斯蒂安：他现在仍然醉着。他从哪儿弄来的酒呢？

阿朗索：这是屈林鸠罗，看他醉得天旋地转。他们在哪儿喝这么多好酒，把他们的脸染得这样血红呢？你怎么会变成这种样子？

屈林鸠罗：自从我离开了你之后，我的骨髓也都浸酥了。我想这股气味可以熏得连苍蝇也不会在我身上下卵了吧？

塞巴斯蒂安：喂，喂，斯蒂番诺！

斯蒂番诺：啊！不要碰我！我不是什么斯蒂番诺，我不过是一堆动弹不得的烂肉。

普洛斯帕罗：奴才，你要做这岛上之王，是不是？

斯蒂番诺：那么我一定是个倒霉的王爷。

阿朗索：这样奇怪的东西我从来没有看见过。（指卡列班）

普洛斯帕罗：他的行为跟他的形状同样都是天生的下劣。——去，狗才，到我的洞里去，把你的同伴们也带进去。要是你希望我饶恕的话，把里面打扫得干净点儿。

卡列班：是，是，我就去。从此以后我要聪明一些，学学讨好的法子。我真是一头比六头蠢驴合起来还蠢的蠢货！竟会把这种醉汉当做神明，向这种蠢才叩头膜拜！

普洛斯帕罗：快滚开去！

阿朗索：滚吧，把你们那些衣服仍旧归还到原来寻得的地方去。

塞巴斯蒂安：应该说是偷的。（卡列班、斯蒂番诺、屈林鸠罗同下）

普洛斯帕罗：陛下，我请您和您的随从们到我的洞窟里来，今夜暂且要委屈你们在这儿过一夜。一部分的时间我将花费在谈话上，我相信那种谈话会使时间很快溜过。我要告诉您我的生涯中的经历，以及一切自从我到这岛上来之后所遭遇的事情。明天早晨我要带着你们上船回到那不勒斯去，我希望我们所疼爱的孩子们的婚礼就在那儿举行。然后我要回到我的米兰，在那儿等待着瞑目长眠的一天。

阿朗索：我渴望听您讲述您的经历，那一定会使我们的耳朵着了迷的。

普洛斯帕罗：我将从头到尾向您细讲，并且答应您一路上将会风平浪静，有吉祥的顺风吹送，可以赶上已经去远了的您的船队。（向爱丽儿旁白）爱丽儿，我的小鸟，这事要托你办理。以后你便可以自由地回到空中，从此我们永别了！——请你们过来。（同下）

尾声

普洛斯帕罗致词：

> 现在我已把我的魔法尽行抛弃，
> 剩余微弱的力量都属于我自己；
> 横在我面前的分明有两条道路：
> 不是终身被符箓把我在此幽锢，
> 便是凭借你们的力量重返故都。
> 既然我现今已把我的旧权重握，
> 饶恕了迫害我的仇人，请再不要
> 把我永远锢闭在这寂寞的荒岛！

第五幕　尾声

求你们解脱了我灵魂上的系锁,

赖着你们善意殷勤的鼓掌相助;

再烦你们为我吹嘘出一口和风,

好让我们的船只一齐鼓满帆篷。

而今我已撒开了我空空的两手,

不再有魔法迷人、精灵供我奔走;

我的结局将要变成不幸的绝望,

除非依托着万能的祈祷的力量,

它能把慈悲的神明的中心刺彻,

赦免了可怜的下民的一切过失。

正如你们旧日的罪恶不再追究,

让你们大度的宽容给我以自由!（下）

冬天的故事

剧中人物

列昂特斯： 西西里国王

迈密勒斯： 西西里小王子

卡密罗、安提贡纳斯、克里奥米尼斯、狄温： 西西里大臣

波力克希尼斯： 波希米亚国王

弗罗利泽： 波希米亚王子

阿契达摩斯： 波希米亚大臣

水手

狱吏

老牧人： 帕笛塔的养父

小丑： 老牧人之子

老牧人之仆

奥托力格斯： 流氓

赫美温妮： 列昂特斯的王后

帕笛塔： 列昂特斯和赫美温妮之女

宝琳娜： 安提贡纳斯之妻

伊米莉亚、其他宫女： 宫女，随侍王后

莫普萨、多卡丝： 牧羊女

西西里众臣及贵妇、侍从、卫士、牧人及牧羊女等

时间： 致辞人

地点

西西里,波希米亚

第一幕

第一场　西西里。列昂特斯的王宫

【卡密罗及阿契达摩斯上。

阿契达摩斯： 卡密罗，要是您有机会到波希米亚来，也像我这回陪驾来到贵处一样，我已经说过，您一定可以看出我们的波希米亚和你们的西西里有很大的不同。

卡密罗： 我想今年夏天西西里王有意回访波希米亚。

阿契达摩斯： 虽然我们的招待相比之下会使我们自己感到惭愧，可是我们会用热情来表示我们的诚意；因为说老实话——

卡密罗： 请您——

阿契达摩斯： 真的，我并不是随口说说。我们不能像这样盛大——用这种珍奇的——我简直不知道应该如何表达自己，可是我们会给你们醉人的好酒，好让你们不感觉到我们的简陋；虽然这不会给我们增添光彩，至少可以免得你们见怪。

卡密罗： 您太言重了。

阿契达摩斯： 相信我，我说的都是根据我自己的理解说出来的老实话。

卡密罗： 西西里对于波希米亚的情谊，是无论如何不能完全表示出来的。两位陛下从小便在一起受教育，他们彼此间的感情本来就非常深切，难怪现在会这么要好。自从他们长大之后，地位和政治上的需要使他们不能再在一起，但是他们仍旧交换着礼物、书信和友谊的使节，代替着当面的晤对。虽然远隔重洋，却似乎仍携手相亲；天南地北，却似乎可以互相拥抱。但愿上天让他们的友情日久天长！

阿契达摩斯： 我想世间没有什么阴谋或意外的事故可以改变他们的心。你们有那位小王子迈密勒斯真幸运，他是我见到过的最有希望的少年。

卡密罗： 我很同意你对于他的期望。他是个了不得的孩子，对民众来说，他就像是一副补药，使衰老的心脏都变得年轻。在他没有诞生以前便已经扶杖而行的老人，也在希望着能够活到看见他长大成人的一天。

阿契达摩斯： 否则他们便会甘心死去吗？

卡密罗： 是的，如果再也没有别的理由使他们希望活下去。

阿契达摩斯： 如果国王没有儿子，他们会希望扶着拐杖活下去看

到他有个孩子的。(同下)

第二场 同前。宫中大厅

【列昂特斯、波力克希尼斯、赫美温妮、迈密勒斯、卡密罗及侍从等上。

波力克希尼斯： 自从我抛开政务辞别我的御座之后,牧笛声中如水的明月已经盈亏了九度。再长一倍的时间也会满载着我的感谢,我的王兄,可是现在我必须负着永远不能报谢的恩情而告别了。像一个置身在富丽之中的无能之辈,我在离别前再在以前已经说过的千万次道谢之上再加上一句"谢谢"!

列昂特斯： 且慢道谢,等您去的时候再说吧。

波力克希尼斯： 王兄,那就是明天了。我在担心当我不在的时候,也许国内会发生什么事情——但愿平安无事,不要让我说"果然不出所料"。而且,我已经久住得叫您生厌了。

列昂特斯： 王兄,我比您想象得更有耐力,您不可能让我感到厌烦。

波力克希尼斯： 不再耽搁下去了。

列昂特斯： 再住一个星期吧。

波力克希尼斯： 真的，明天就要去了。

列昂特斯： 那么我们折衷一下，再住半个星期；这您可不能反对了。

波力克希尼斯： 请您不要这样勉强我。世上没有，绝对没有任何人能像您那样说动我；要是您的请求对于您确实必要，那么即使我有必须拒绝的理由，我也会遵命住下。可是我的事情逼着我回去，您要是拦住我，虽说出于好意，却像是给我的一种惩罚。同时我住在这儿，又要累您麻烦。为了避免这两种情况，王兄，我还是告辞了吧。

列昂特斯： 你怎么不开口，我的王后？你说句话儿。

赫美温妮： 我在想，陛下，等您逼得他发誓决不耽搁的时候再说话。陛下的言辞太冷淡了些。您应当对他说您相信波希米亚一切都平安，波希米亚传来的消息证实了这一点。这样对他说了之后，他就没有借口了。

列昂特斯： 说得好，赫美温妮。

赫美温妮： 要是说他渴望见到他的儿子，那倒是一个有力的理由。他要是自己这样说，便可以放他去；他要是这样发誓，就可以不必挽留，我们会用纺线杆子把他赶走的。（向波力克希尼斯）可是这不是您的理由，因此我敢再向陛下告借一个星期；等您在波希米亚接待我的王爷的时候，我可以允许他比约定告辞的日子迟一个月回来——可是说老实话，列昂特斯，我对你的爱比起任何太太对丈夫的感情都丝毫不差——您答应住下来吗？

波力克希尼斯：不，王后。

赫美温妮：你肯定不愿住下来吗？

波力克希尼斯：我真的不能耽搁了。

赫美温妮：真的！您用这种有伸缩性的话来拒绝我；可是即使您对天上的星星发誓，我仍旧要说，"陛下，您不准走。"真的，您不能走；女人嘴里说一句"真的"，也跟王爷们嘴里说的"真的"一样有力呢。您仍旧要走吗？一定要我把您像囚犯一样拘禁起来，而不像贵宾一样款留着吗？您宁愿用赎金代替道谢而脱身回去吗？您怎么说？我的囚犯呢，还是我的贵宾？凭着您那句可怕的"真的"，您必须在两者之间作出抉择。

波力克希尼斯：那么，王后，我还是做您的宾客吧；做您的囚犯意味着我有什么冒犯的地方，那我是断断不敢的。

赫美温妮：那么我也不是您的狱卒，而是您的殷勤的主妇了。来，我要问问您我的王爷跟您两人小时候喜欢玩些什么把戏：那时你们一定是很有趣的哥儿们吧？

波力克希尼斯： 王后，我们那时是两个不知道有将来的孩子，以为明天就跟今天一样，永远是个孩子。

赫美温妮： 我的王爷不是比您更喜欢开玩笑吗？

波力克希尼斯： 我们就像是在阳光中欢跃的一对孪生的羔羊，彼此交换着咩咩的叫唤。我们天真相待，不懂得做恶事，也不会梦想到世间会有恶人。如果我们继续过那种生活，如果我们弱的心灵从未受到强烈的成年人的欲望的冲击，那么我们可以大胆向上天说，人类所继承下来的罪恶，我们是无分的。

赫美温妮： 照这样说起来，我知道你们后来犯过罪了。

波力克希尼斯： 啊！我的圣洁的娘娘！后来我们便受到了诱惑：因为在那些乳臭未干的日子里，我的妻子还是一个女孩子，您的美妙的姿容也还不曾映进我的少年游侣的眼中。

赫美温妮： 天哪！根据您的推理，也许您要说您的娘娘跟我都是魔鬼哩。您可以继续说下去，我们可以担承陷害你们的罪名，只要你们跟我们犯罪是第一次，只要你们继续跟我们犯罪，而不去跟别人犯罪。

列昂特斯： 他答应了吗？

赫美温妮： 他愿意住下来了，陛下。

列昂特斯： 我请他，他却不肯。赫美温妮，我的亲爱的，你从未像今天讲得这么好。

第一幕 第二场 同前。宫中大厅

赫美温妮： 从来没有过吗？

列昂特斯： 除了一次。

赫美温妮： 什么！我的舌头曾经立过两次奇功吗？以前的那次是在什么时候？请您告诉我，把我夸奖得心花怒放，高兴得像头养肥了的家畜似的。对一件功劳不加赞扬可能消沉了以后再做一千件的兴致，褒奖便是我们的酬报。一回的鞭策还不曾使马儿走过了一亩地，温柔的一吻早已使他驰过百里。言归正传：我刚才的功劳是劝他住下；以前的那件呢？要是我不曾听错，那么它还有一个大姐姐哩，我希望她有一个高雅的名字！可是那一次我说得好是在什么时候？告诉我吧！我急着要知道呢。

列昂特斯： 那就是当三个月难熬的时间终于黯然消逝，我毕竟使你伸出你白白的手来，答应委身于我的那时候，你说，"我永远是你的了"。

赫美温妮： 那真是一句好话。你们瞧，我已经说过两回好话了；一次使我永久得到了一位君王，一次我暂时留住了一位朋友。

（伸手给波力克希尼斯）

列昂特斯： （旁白）太热情了！太热情了！朋友交得太亲密了，难免会发生情欲上的纠纷。我的心在跳着，可不是因为高兴，不是高兴。这种招待客人的样子也许是很纯洁的，不过因为

诚恳、因为慷慨、因为一片真心而忘怀了形迹。并没有什么可以非议的地方，我承认这一点，可是手捏着手，指头碰着指头，像他们现在这个样子，脸上装着不自然的笑容，好像对着镜子似的。又叹起气来，好像一头鹿临死前的喘息。嘿！那种招待我可不喜欢，就是我的额角也不愿意长什么东西出来呢。——迈密勒斯，你是我的孩子吗？

迈密勒斯： 是的，好爸爸。

列昂特斯： 哈哈，真是我的好小子。怎么！把你的鼻子弄脏了吗？人家说他和我长得一模一样。来，司令官，我们一定要齐齐整整；不是齐齐整整，是干干净净，司令官；可是别人也会说小公牛、小母牛、小牛犊齐齐整整。——还在弄他的手心！——喂喂，你这顽皮的小牛仔！你是我的小牛仔吗？

迈密勒斯： 是的，要是您愿意，爸爸。

列昂特斯： 你要是有一头蓬松的头发，再长出一对像我这样的角儿，那就完全像我了。可是人家说我们简直像两个蛋一样相像；女人们这样说，她们是什么都说得出来的，可是即使她们像染坏了的黑布一样坏，像风像水一样轻浮，像骰子一样不可捉摸，然而说这孩子像我却总是一句真话，我们之间并没有隔着一道界线。来，老兄，用你那双蔚蓝的眼睛望着我。可爱的坏东西！亲爱的！我的亲骨肉！你的娘会不会？——或许有这种事吗？——爱情！你深入一切事物的中心；你会把不存在的事实变成可能，而和梦境互相沟通——怎么会有这种事呢？——你能和伪妄合作，和空虚联络，难道便不会和实体发生关系吗？这种事情已经无忌惮地发生了，我已经感觉到了，这真使我痛心疾首。

波力克希尼斯： 西西里在说些什么？

赫美温妮： 他好像有些烦躁。

波力克希尼斯： 你觉得怎样，王兄？

赫美温妮： 您似乎头脑昏乱，想到了什么心事啦，陛下？

列昂特斯： 不，真的没有什么。有时人的真情会使人作出痴态，让心硬的人看着取笑！瞧我这孩子脸上的线条，我觉得好像回到二十三年之前，看见我自己没有像成年人一样着装，仅罩着一件绿天鹅绒的外衣，我的短剑套在鞘子里，就好像它唯恐伤了它的主人，如同一般装饰品被证明是很危险的。我觉得那时的我多么像这个小东西，这位小爷爷。——我的好朋友，你愿意让人家欺骗你吗？

迈密勒斯： 不，爸爸，我要跟他斗。

列昂特斯： 你要跟他斗，是吗？哈哈！——王兄，您也像我们这样喜欢您的小王子吗？

波力克希尼斯： 在家里，王兄，他是我唯一的消遣，唯一的安慰，唯一的关心；他一会儿是我的结义之交，一会儿又是我的敌人；一会儿是我的朝臣、我的兵士和我的官员。他使七月的白昼像十二月天一样短促，用种种孩子气的方法来解除我心中的郁闷。

列昂特斯：这位小爷爷对我也是这样。王兄，我们两人先去走走，你们多耽搁一会儿。赫美温妮，把你对我的爱好好用来招待我这位王兄。西西里所有贵重的东西，都不要嫌破费去备来。除了你自己和我这个小家伙之外，他便是我最贴心的人了。

赫美温妮：假如您需要我们，我们就在园里。我们就在那边等着您好吗？

列昂特斯：随你们的便吧，只要你们在蓝天之下，总可以找得到的。（旁白）我现在在垂钓，虽然你们没有看见我放下钓线。去吧，去吧！瞧她那么把嘴向他送过去！简直像个妻子对她正式的丈夫那样挽着他！（波力克希尼斯、赫美温妮及侍从等下）已经去了！一顶绿头巾已经稳稳地戴上了！去玩儿吧，孩子，玩儿去吧。你妈在玩着，我也在玩着，可是我扮的是这么一个丢脸的角色，结果是我肯定要被人嘘进坟墓去，轻蔑和讥笑便是我的丧钟。去玩儿去吧，孩子，玩儿去吧。要是我不曾弄错，那么乌龟这东西确是从来便有的；即使在现在，当我说这话的时候，一定就有许多人抱着他的妻子，却不知道在他不在的时候她早已给别人揩过油;他自己池子里的鱼,已经让他满脸堆笑的邻居捞了去。我知道自己并不孤单,这也算是一种安慰。和我一样,其他人的大门也被打开了,而这并不是我们的意愿。假如有不贞妻子的男人全都怨起命来,世界上十分之一的人都要上吊死了。没有一点补救的办法。这是一个荒淫的星球,不论在哪里它占了上风,它有势力,都会招惹是非——你想想——东西南北,无论哪里都抵挡不过肚子底下的作怪;魔鬼简直可以带了箱笼行李堂而皇之地进出呢。我们中间有千万个人都害着这毛病,但自己却不觉得。喂,孩子!

迈密勒斯: 他们说我像您呢。

列昂特斯: 嗯,这倒是我的一点点儿安慰。喂!卡密罗在不在?

卡密罗: 有,陛下。

列昂特斯: 去玩吧,迈密勒斯,你是个好人兄。(迈密勒斯下)

卡密罗,这位王爷还会住下去。

卡密罗: 您好容易才把他留住,您几次努力都没有把他拴住。

列昂特斯: 你没有注意到吗?

卡密罗: 您几次请求他,他都不肯再留,因为他把自己的事情看得更为重要。

列昂特斯: 你没有看见吗?(旁白)他们已经明白我的处境,在那边交头接耳地说西西里是这么这么了。我应该老早就看出来的。——卡密罗，他怎么会留下来？

卡密罗： 因为听从了贤德的王后的恳求。

列昂特斯： 单说听从了王后的恳求就够了，贤德两个字却不大得当。谁都知道，难道只有你不知道吗？你比一般人聪明，怎么会看不出来？像你这样有头脑的人，难道只知道人性的善吗？低贱的众人也许完全不懂这种把戏，你说呢？

卡密罗： 什么把戏，陛下！我以为大家都知道波希米亚王要在这儿多住几天。

列昂特斯： 嘿！

卡密罗： 在这儿多住几天。

列昂特斯： 嗯，可是有什么道理呢？

卡密罗： 因为不忍辜负陛下和我们大贤大德的娘娘的美意。

列昂特斯： 不忍辜负你娘娘的美意！这就够了。卡密罗，我不曾瞒过你我心底的事情，向来我的私事都要跟你商量；你常常像个教士一样洗净我胸中的疑惑，听过了你的话，我便像个悔罪的信徒一样得到了不少的教益。我以为你是个忠心的臣子，可是我看错了人了。

卡密罗： 我希望不至于吧，陛下！

列昂特斯： 我还是要说，你不是个诚实的人。要是你还诚实的话，

第一幕 第二场 同前。宫中大厅

你便是个懦夫,不敢堂堂正正地尽你的本分。否则你便是个为主人所倚重而辜恩怠职的仆人;或是一个看见一场赌局告终、大注的赌注都已赢走之后,还以为只是一场玩笑的傻瓜。

卡密罗: 陛下明鉴,微臣也许是疏忽、愚蠢,而且胆小;这些毛病是每个人都免不了的,在世事的纷纭之中,常常不免要显露出来。在陛下的事情上,我要是故意疏忽,那是因为我的愚蠢;要是我有心假作痴呆,那是因为我的疏忽,不曾顾虑到结果;要是有时我不敢去做一件我有疑虑的事,可是后来毕竟证明了我的过虑的不当,那是即使聪明人也常犯的胆怯。这些弱点,陛下,是正直的人所免不了的。可是我要请陛下明明白白地告诉我我的错处,如果我再否认,那就不是我的过失了。

列昂特斯: 难道你没有看见吗,卡密罗?——可是那不用说的,你一定已经看见,否则你的眼睛比乌龟壳还昏沉了——难道你没有听见吗?——像这种彰明昭著的事情,不会没有谣言兴起来的——难道你也没有想到我的妻子不贞吗?——一个人除非没有脑子,总会思想的。要是你不能老着脸皮说你不生眼睛、不长耳朵、没有头脑,你就该承认我的妻子是匹给人骑着玩儿的木马;就像没有出嫁便去跟人睡觉的那种小户人家的女子一样淫贱。你老实说吧。

卡密罗: 要是我听见别人这样诽谤我的娘娘,我一定要马上教训教训他。真的,您从来没有说过像这样不成体统的话,把那种话重说一遍,那罪恶就跟您所说的这种事一样大,如果那是真的话。

列昂特斯: 难道那样悄声说话不算一回事吗?脸孔贴着脸孔,鼻子碰着鼻子,嘴唇呃着嘴唇,笑声里夹着一两声叹息,这些百无一失的失贞的表征,都不算一回事吗?脚踩着脚,躲在角落里,巴不得时钟走得快些,一点钟一点钟变成一分钟一分钟,中午赶快变成深夜;巴不得众人的眼睛都出了毛病,看不见他们的恶事;这难道不算一回事吗?嘿,那么这世界和它所有的一切都不算什么;笼罩宇宙的天空也不算什么;波希米亚也不算什么;我的妻子也不算什么;这些不算得什么事的什么事根本就没有存在,要是这算不上是一回事。

卡密罗: 陛下,赶快去掉这种病态的念头吧,它是十分危险的。

列昂特斯: 即使它是危险的,但总是真的。

卡密罗: 不,不,陛下。

列昂特斯: 是的,你说谎!你说谎!我说你说谎,卡密罗!我讨厌你。你是个大大的蠢货,没有脑子的奴才;否则便是个周旋于两可之间的骑墙者,能够看明善恶,却不敢得罪哪一方。我的妻子的肝脏要是像她的生活那样腐烂,她不能再活到下个钟头。

第一幕 第二场 同前。宫中大厅

卡密罗： 谁让她腐烂了？

列昂特斯： 嘿，就是那个把她当作雕像一样挂在头颈上的波希米亚啦。要是我身边有生眼睛的忠心的臣子，不是只顾他们个人的利害，也顾到我的名誉，他们一定会出来阻止以后有更坏的事情发生。你是他的行觞的侍臣，我把你从卑微的地位提拔起来，使你身居显要；你知道我的烦恼，就像天看见地、地看见天一样明白：你可以给我的仇人调好一杯酒，让他得到一个永久的安眠，那样就会治好我的心病。

卡密罗： 陛下，我可以干这事，而且不用急性的药物，只用一种慢性的，使他不觉得中了毒。可是我不能相信娘娘会这样败德，她是一位那样高贵的人。我已经尽忠于您——

列昂特斯： 你要是还不相信，你就该死了！你以为我是这样傻，发痴似的会这样自寻烦恼，使我的被褥蒙上不洁，让荆棘榛刺和黄蜂之尾来捣乱我的睡眠，让人家怀疑我的儿子的血统，虽然我相信他是我的而疼爱着他。难道我会无中生有，而没有充分的理由吗？谁能这样丢自己的脸呢？

卡密罗： 我必须相信您的话，陛下。我相信您，愿意去谋害波希米亚。但有一个前提，那就是他一除去之后，陛下看在小殿下的分上，仍旧跟娘娘和好如初，免得和我们有来往的列国朝廷里兴起谣言来。

列昂特斯： 你说得正合我意。我决不让她的名誉沾染上污点。

卡密罗： 陛下，那么您就去吧。对于波希米亚和娘娘您仍然要装出一副和气殷勤的容貌。我是他的行觞的侍臣，要是他喝了我的酒毫无异状，您就不用把我当作您的仆人。

列昂特斯： 好，没有别的事了。你做了此事，我的一半的心便属于你；倘不做此事，我要把你的心剖成两半。

卡密罗： 我一定会去做的，陛下。

列昂特斯： 我就听你的话，装出一副和气的样子。（下）

卡密罗： 唉，不幸的娘娘！可是我在什么一种处境中呢？我必须去毒死善良的波力克希尼斯，理由只是因为服从我的主人，他自己发了疯，硬要叫他手下的人也跟着他干发疯的事。我做了这件事，便可以升官发财。即使我能够在几千件谋害君主的前例中找出后来会有好结果的人，我也不愿去做。既然碑版卷籍上从来不曾记载过这样一个例子，为了逃避这种罪恶，我也顾不得尽忠了。我必须离开朝廷；做与不做，都是一样为难。但愿我有好运气！——波希米亚来了。

【波力克希尼斯重上。

波力克希尼斯： 这可奇了！我觉得在这儿有点不太受欢迎。不说一句话吗？——早安，卡密罗！

卡密罗： 给陛下请安！

第一幕 第二场 同前。宫中大厅

波力克希尼斯： 朝中有什么消息？

卡密罗： 没有什么特别的消息，陛下。

波力克希尼斯： 你们大王的脸上显出似乎失去了什么州省或是一块宝贵的土地的样子；刚才我见了他照例向他打招呼，他却把眼睛转向别处，轻蔑地撇撇嘴，便急匆匆地从我身边走去了，使我莫名其妙，不知道什么事情使他这样改变了态度。

卡密罗： 我不敢知道，陛下。

波力克希尼斯： 怎么！不敢知道！还是不知道？你知道了，可是不敢说出来是吗？多半是这样的：因为就你自己而论，你所知道的，你一定知道，不会说什么不敢知道。好卡密罗，你变了脸色了；你的脸色正像是我的一面镜子，反映出我也变了脸色了，因为我知道我在这种变动当中一定也有份。

卡密罗： 有一种病使我们中间有些人很不舒服，可是我说不出是什么病来；而那种病是从仍然健全着的您的身上传染过去的。

波力克希尼斯： 怎么！从我身上传染过去的？不要以为我的眼睛能够伤人。我曾经看过千万个人，他们因为得到我的注意而荣达起来，可是没有人因此而丧了命。卡密罗，你是个正人君子，加之学问渊博，洞明世事，那是跟我们高贵家世一样值得尊重的。要是你知道什么我应该知道的事情，请不要故意瞒着我。

115

卡密罗：我不敢回答您。

波力克希尼斯：从我身上传染过去的病，而我却健康着？我非得弄明白这句话的意思不可。你听见吗，卡密罗？凭着人的光荣义务，我恳求你告诉我，你以为有什么祸事将要临到我身上，有多远多近，要是可以避过的话，应当采取什么措施；要是避不了的话，应当怎样忍受。

卡密罗：陛下，我相信你是个高贵的人，您既然以义理责我，我不得不告诉您。那么好好听清我的建议，我只能很急促地告诉您，您也必须赶快依我的话去做，否则您我两人都难以幸免。

波力克希尼斯：说吧，好卡密罗。

卡密罗：我是奉命来谋害您的。

波力克希尼斯：奉谁的命，卡密罗？

卡密罗：奉王上的命。

波力克希尼斯：为什么？

卡密罗：他以为——不，他十分确信地发誓说您已经跟他的娘娘发生暧昧，确凿得就像是他亲眼看见或是他自己诱导出这一罪恶一样。

波力克希尼斯：啊，真有那样的事，那么让我的血化成溃腐的毒脓，我的名字跟那出卖救主的叛徒相提并论吧！让我的纯洁的名声发出恶臭来，嗅觉最不灵敏的人也会掩鼻而避之，比之耳朵所曾听到过或读到过的最厉害的恶疾更被人深恶痛绝！

卡密罗： 您要是指着天上每一颗星星发誓说他误会了，那简直像是叫海水不要服从月亮，或是想用立誓或众议来解除他那种痴愚的妄想一样；这种念头已经深植在他的心里，到死也不会变更。

波力克希尼斯： 这是怎么起来的呢？

卡密罗： 我不知道，可是我相信避免已经起来的祸患，比追问它的起因要安全得多，如果您相信我的诚实，我的身体可以作为一种担保，今夜您就离开！我可以去通知您的侍从，叫他们三三两两地从边门溜出城去。至于我自己呢，愿意从此为您效劳，因为这次泄漏机密，我在这里已经不能再立足了。不要踌躇！我以我父母的名誉起誓，我说的是真话；要是您一定要证明，那我可没有办法，您的命运也将跟王上亲口定罪的人一样，难逃一死了。

波力克希尼斯： 我相信你的话，我已经从他的脸上看出他的心思。把你的手给我，做我的引路人，你将永远得到我的眷宠。我的船只已经备好，我的臣民在两天之前就已经盼我回去。这场嫉妒是因为一位珍贵的人儿引起的，她是个绝世的佳人，而他又是个当代的雄主，因此这嫉妒一定很厉害，而且他以为使他蒙耻的是他的结义好友,一定更使他急于复仇。恐怖包围着我,但愿我能马上离去,但愿贤德的王后快乐!她也是这幕剧中的一个角色,可是他不曾对她有恶意的猜疑吧?来,卡密罗,要是你这回帮我脱离此地,我将把你当作父亲看待。让我们逃吧。

卡密罗: 京城的各道边门的钥匙都归我掌管,请陛下抓紧时间。来,陛下,走吧!(同下)

第 二 幕

第一场 西西里。宫中一室

【赫美温妮、迈密勒斯及官女等上。

赫美温妮： 把这孩子带去。他总是缠着我,烦死人了。

宫女甲： 来,我的好殿下,我跟您玩好吗?

迈密勒斯： 不,我不要你。

宫女甲： 为什么呢,我的好殿下?

迈密勒斯： 你吻我吻得那么重,对我讲话总把我当作一个孩子。(向宫女乙)我还是更喜欢你。

宫女乙： 为什么呢,殿下?

迈密勒斯： 不是因为你的眉毛黑一些,虽然人家说有些女人还是眉毛黑一些好看,只要不十分浓,用笔描成弯弯的样子,或半月型。

宫女乙： 谁告诉您这些的?

迈密勒斯： 我从女人的脸上看出来的。（向宫女甲）现在我要问你，你的眉毛是什么颜色？

宫女甲： 青的，殿下。

迈密勒斯： 哎，你在说笑话了。我看见过一位姑娘的鼻子发青，可是不会有青眉毛的。

宫女乙： 听好，您的妈妈肚子高起来了，我们不久便要服侍一位漂亮的小王子，那时您想跟我们玩也要看我们高不高兴。

宫女甲： 她近来胖得厉害，愿她幸运！

赫美温妮： 你们在讲些什么聪明话儿？来，哥儿，现在我又要你了。请你陪我坐下来，讲一个故事给我听。

迈密勒斯： 是快乐的故事呢，还是悲哀的故事？

赫美温妮： 随你便，讲个快乐点儿的吧。

迈密勒斯： 冬天最好讲悲哀的故事。我有一个关于鬼怪和妖精的。

赫美温妮： 讲给我们听吧，好哥儿。来，坐下来，讲吧，尽你的本事用你那些鬼怪吓我，这是你的拿手好戏哩。

迈密勒斯： 从前有一个人——

赫美温妮： 不，坐下来讲。好，讲下去。

迈密勒斯： 住在墓园的旁边——我要悄悄地讲，不让那些蟋蟀们听见。

赫美温妮： 那么好，靠着我的耳朵讲吧。

第二幕　第一场　西西里。宫中一室

　　【列昂特斯、安提贡纳斯、众臣及余人等上。

列昂特斯： 在哪里碰见他的？他的随从也在？卡密罗也和他在一起吗？

臣甲： 我在一簇松树后面碰见他们。我从来不曾见过人们这样匆促地赶路。我一直望到他们上了船。

列昂特斯： 我多么有运气，判断得一点不错！唉，倒是糊涂些好！这种运气可是多么倒霉！酒杯里也许浸着一只蜘蛛，一个人喝了下去，却不会中毒，因为他不知道这回事；可是假如他看见了这个可怕的东西，知道他怎样喝过了这杯里的酒，他便要呕吐狼藉了。我便是喝过了酒，而看见那蜘蛛的人。卡密罗是他的同党，给他居间拉拢；他们在阴谋着算计我的生命，篡夺我的王位，一切的猜疑都已证实。我所差遣的那个奸人，原来已给他预先买通了，被他知道了我的意思，使我空落得人家的笑骂。嘿，真有手段！那些边门怎么这样不费事地开了？

臣甲： 这是他的权力所及的，就跟陛下的命令一样有力。

列昂特斯： 我很知道。（向赫美温妮）把这孩子给我。幸亏你没有喂他吃奶，虽然他有些像我，可是他的身体里你的血分太多了。

赫美温妮： 什么事？开玩笑吗？

列昂特斯： 把这孩子带开，不准他走近她的身边。把他带走！（侍从等拥迈密勒斯下）让她跟自己肚子里的那个孽种玩吧。你的肚子是给波力克希尼斯弄大了的。

赫美温妮： 但是我要说不是他。不管你如何想，你要相信我的话，我可以发誓。

列昂特斯： 列位贤卿，你们瞧她，仔细瞧着她。你们嘴里刚要说，"她是一个美貌的女人，"你们心里的正义的感觉就会接上去说，"可惜的是她不贞洁。"你们可以单单赞美她的外貌，我相信那确是值得赞美的，然后就会耸耸肩，鼻子里哼一声，嘴巴里嘿一声，这些小小的烙印都是诽谤所常用的——我说错了，我应当说都是慈悲所常用，因为诽谤是会把贞洁都烙伤了的。当你们说了她是美貌的以后，还来不及说她是贞洁的，这种耸肩，这种哼，这种嘿，就已经跟着来了。虽然承认这点我比其他人更痛心：她是个淫妇。

赫美温妮： 要是说这话的是个恶人，那么他是个比世界上最坏的恶人更坏的恶人。您，陛下，只是弄错了。

列昂特斯： 你弄错了，我的娘娘，才会把波力克希尼斯当成了列昂特斯。唉，你这东西！像你这样身份的人，我真不愿这样称呼你，也许人家会学着我的样子，粗野地不再顾到社会上阶级的区别，将要任意地把同样的言语向着不论什么人使用，

第二幕　第一场　西西里。宫中一室

把王子和乞丐等量齐观。我已经说她是个淫妇，我也说过她跟谁有奸情，而且她是个叛逆者。卡密罗是她的同党，她跟她那个万恶的主犯所干的无耻勾当他都知道。他知道她是个不贞的女人，像粗俗的人们用最难听的名称称呼着的那种货色一样不要脸。而且她也预先知道他们这次的逃走。

赫美温妮：不，我以生命起誓，我什么都不知道。等到您明白过来，想一想您这样羞辱我，那时您会多么难过！我的好王爷，那时您就是承认您弄错了，也再不能洗刷掉我的委屈。

列昂特斯：不，要是我把这种判断的根据弄错了，那么除非地球小得不够给一个学童在上面抽陀螺。把她带去收了监！谁要是给她说句话，即使他和这事不相干，也要算他有罪。

赫美温妮：我现在是灾星当头，必须忍耐着等到天日清明的时候。各位大人，我不像一般女人那样善于哭泣，也许因为流不出这种无聊的泪水，你们会减少对我的怜悯；可是我心里蕴藏着正义的哀愁，那愤火的燃灼力量远胜过涌出的泪水。我请求各位衡情酌理，来审判我吧，以便实现陛下的意愿！

列昂特斯：（向卫士）没有人执行我的命令吗？

赫美温妮：谁愿意跟我去？请陛下准许我带走我的侍女，因为您明白我现在的情形，这是必要的。别哭，傻丫头们，用不着哭哩；等你们知道你们的娘娘罪有应得的时候，再用泪眼送我吧。我现在去受拘的结果，一定会证明我的清白。再会，陛下！我一向希望着永远不要看见您伤心，可是现在我相信我将要看见您伤心了。姑娘们，来吧，你们已经得到了许可。

列昂特斯： 去，照我的话办，去！（卫士押王后及宫女等下）

臣甲： 请陛下叫娘娘回来吧。

安提贡纳斯： 陛下，您该仔细考虑您做的事，免得您的判决变成了暴虐。这一来有三位贵人都要遭逢不幸，您自己、娘娘和小殿下。

臣甲： 陛下，我愿意用我的生命担保王后是清白的，当着上天和您的面前——我的意思是说，在您所谴责她的这件事情上，她是无罪的。

安提贡纳斯： 假如她果然有罪，我便要把我的妻子像狗马一样看守起来，一步都不放松，不放心让她一个人独自呆着。因为假如娘娘是不贞的，那么世间女人身上一寸一厘的肉都是不贞的了。

列昂特斯： 闭住你们的嘴！

臣甲： 陛下——

安提贡纳斯： 我们说这些话都是为了您，不是为我们自己。您上了人家的当了，那个造谣生事的人不会得到好死的。要是我知道这个坏东西是谁，他休想好好地活在世上！我有三个女孩子，大的十一岁，第二个九岁，小的才四五岁；要是王后果然靠不住，这种事果然是真的话，我愿意叫她们受过。我一定要在她们未满十四岁之前叫她们全变成石女，免得产下淫邪的后代来。她们都是嗣我家声的人，我宁愿阉了自己也不愿让她们生下败坏门风的子孙。

列昂特斯：住嘴！别再说了！你们都像死人鼻子，冷冰冰地嗅不出来。这件事情的味道我可是亲眼看见、亲身感觉到的，正像你们看见我这样用手指碰着你们而感觉到的一样。

安提贡纳斯：真是这样的话，那么我们无须去掘什么坟墓来埋葬贞洁，因为世上根本不曾有什么贞洁存在，可以来装饰一下这整个粪污的地面。

列昂特斯：什么！我的话不足信吗？

臣甲：陛下，在这件事情上我宁愿您的话比我的话更不足信。我宁愿王后是贞洁的，不愿您的猜疑被证实，不论您将要因此而怎样负疚。

列昂特斯：哼，我何必跟你们商量？我只要照我自己的意思去行事好了。我自有权力，无须征询你们的意见，只是因为好意才告诉你们。假如你们的知觉那样麻木，或者故意假作痴呆，信不过或是不愿相信这种真实的事实，那么你们应该知道我本来不需要你们的意见，这件事情怎样处置，利害得失，都是我自己的事。

安提贡纳斯： 陛下，我希望您当初在冷静的思考中作出判断，而不用声张出来。

列昂特斯： 那怎么可能呢？倘不是你老悖了，你定然是个天生的蠢材。他们那种狎昵的情形是不难想见的。除了不曾亲眼看见，一切都可以证明此事确凿无误。再加上卡密罗的逃走，使我不得不采取这种手段。可是这等重大的事情，最忌鲁莽从事，为了更加确切，我已经派人赶赴德尔斐圣地的阿波罗神庙，我所差去的是克利奥米尼斯和狄温两人，你们知道他们都是十分可靠的。他们带来的神谕会告知我们一切，鼓励我或阻止我的行动。我这办法好不好？

臣甲： 很好，陛下。

列昂特斯： 我虽然十分确信，无须再要知道什么，可是那神谕会使那些不肯接受真理的愚蠢的轻信者无法反对。我认为应当把她监禁起来，以防那两个逃去的人定下的阴谋由她来执行。跟我来吧，我们要当众宣布此事。

安提贡纳斯： （旁白）在我看来，真相大白之后，这不过是一场笑话。（众下）

第二场 同前。狱中外室

【宝琳娜及侍从等上。

宝琳娜： 通报一声狱吏，告诉他我是谁。（一侍从下）好娘娘，你应该住欧洲最好的王宫，狱中的生活你怎么过呢？

【侍从偕狱吏重上。

宝琳娜： 长官，你知道我是谁，是不是？

狱吏： 我知道您是一位我所钦仰的尊贵的夫人。

宝琳娜： 那么请你带我去见一见王后。

狱吏： 我不能，夫人，有命令禁止接见。

宝琳娜： 这可难了！一个正直的好人，连好意的访问者都不能相见！请问见见她的侍女可不可以呢？随便哪一个。伊米莉亚？

狱吏： 夫人，请您遣开您这些从人，我就可以带伊米莉亚出来。

宝琳娜： 请你就去叫她来吧。你们都走开。（侍从等下）

狱吏： 而且，夫人，我必须在场听你们的谈话。

宝琳娜： 好，就这么吧，谢谢你。（狱吏下）

【狱吏偕伊米莉亚重上。

宝琳娜： 好姑娘，我们那位贤德的娘娘好吗？

伊米莉亚： 她总算尽了一个那样高贵而无助的人的最大可能支撑下来了。她所遭受的惊恐和悲哀，是无论哪位娇弱的贵夫人都受不了的。在这种惊忧交迫之下，她已经不足月而早产了。

宝琳娜： 一个男孩吗？

伊米莉亚： 一个女孩子，很好看的小孩，很健壮，大概可以活下去。它给娘娘不少的安慰，她说，"我可怜的小囚徒，我是跟你一样无辜的！"

宝琳娜： 那是一定的。王上那种危险的胡作非为真该死！必须要叫他明白才是，他一定要明白他的错误。这种工作还是一个女人来担任好一些，我去对他说吧。要是我果然能够说得婉转动听，那么让我的舌头说到起泡，再不用来宣泄我的怒火了。伊米莉亚，请你给我向娘娘多多致意；要是她敢把她的孩子托付给我，我愿把它送去给王上看，替她竭力说情。我们不知道他见了这孩子会多么心软起来。无言的纯洁的天真，往往比说话更能打动人心。

伊米莉亚： 好夫人，照您那样正直和仁心，您这种见义勇为的行动是不会得不到美满的结果的。除了您，再没有第二个人可以担任这件重大的差使。请您到隔壁坐一会儿，我就去把您的尊意禀知娘娘。她今天也想到这个计策，可是唯恐遭到拒绝，不敢向一个可以信托的人开口。

宝琳娜： 对她说，伊米莉亚，我愿意竭力运用我的口才。要是我有一片生花的妙舌，如同我有一颗毅勇的赤心一样，那么我一定会成功的。

伊米莉亚： 上帝保佑您！我就对娘娘说去。请您过来。

狱吏： 夫人，要是娘娘愿意把孩子交给您，我让您把它抱出去，上头没有命令，可不大方便。

宝琳娜： 你不用担心，长官。这孩子是娘胎里的囚人，一出了娘胎，按照法律和天理，便是一个自由的解放了的人，王上的愤怒和她无关，娘娘要是果真犯罪，那错处也牵连不到小孩的身上。

狱吏： 我相信您的话。

宝琳娜： 不用担心，要是有什么危险，我可以为你负责。（同下）

第三场　同前。宫中一室

【列昂特斯、安提贡纳斯、众臣及其他侍从等上。

列昂特斯： 黑夜白天都得不到休息。这样容忍下去，不过是懦弱而已,全然的懦弱。罪魁祸首虽然已经逃走,可是那淫妇也要负着一部分的责任。我的手臂伸不到那个淫君的身上,我对他无计可施;可是她却在我手掌之中。要是她死了,用火烧死,那么我也许可以恢复我一部分的安静。来人!

侍从甲:(趋前)陛下?

列昂特斯: 孩子怎样?

侍从甲: 他昨夜睡得很好。希望他的病就可以退去。

列昂特斯: 瞧他那高贵的天性!知道了他母亲的败德,便立刻心绪消沉,触动很大,把那种羞辱牢牢地加在自己身上。颓唐了他的精神,消失了他的胃口,扰乱了他的睡眠,很快地憔悴下来。让我一个人在这儿。去瞧瞧他看。(侍从甲下)嘿,嘿!别想到他了。我的念头又转到了我的复仇的决意上。那人太有势力,帮手又多,我暂时把他放过;先把她处罚了再说。卡密罗和波力克希尼斯嘲笑我,瞧着我伤心而得意。要是我的力量能够及到他们,他们可不能再笑了;可是她却在我的权力之中,看她能不能笑我。

【宝琳娜抱小儿上。

臣甲: 你不能进去。

宝琳娜: 不,列位大人,帮帮我忙吧。唉,难道与担心王后的性命比起来你们更怕他的暴怒吗?她是一个贤德的纯洁的人儿,比起他的嫉妒来她要无辜得多。

安提贡纳斯： 够了。

侍从乙： 夫人，他昨夜不曾安睡，吩咐谁都不能见他。

宝琳娜： 你别这么凶呀，我正是给他带来了睡眠。都是你们这种人，像影子一样在他旁边悄手悄脚地走来走去，偶然听见他的一声叹气就大惊小怪地发起急来。都是你们这种人促使他无法安睡。我一片诚心带来几句忠言给他，它们都是医治他失眠的灵药。

列昂特斯： 喂，谁在吵闹？

宝琳娜： 不是吵闹，陛下，是来跟您商量请谁行洗礼。

列昂特斯： 怎么？把那个无礼的妇人撵走！安提贡纳斯，我命令你不准她走近我身边。我知道她要过来。

安提贡纳斯： 我对她说过了，陛下，我告诉她不要来看您，免得冒犯您，同时也连累我。

列昂特斯： 什么！你管不了她吗？

宝琳娜： 我要是做错了事，他可以管得了我；可是这一次除非他也学您的样子，因为我做了正事反而把我关起来，那么相信我吧，他是管不了我的。

安提贡纳斯： 您瞧！听听她说的话。她要是自己作起主来，我只好由她。（旁白）可是她却不会犯错误。

宝琳娜：陛下，请您听我说，我自认我是您的忠诚的仆人，您的医生和您的最恭顺的臣子。可是您要是做了错事，我却不敢像那些貌似恭顺的侍从那样随声附和。我说，我是从您的好王后那儿来的。

列昂特斯：好王后！

宝琳娜：好王后，陛下，好王后。我说是好王后，假如我是男人，那么即使我毫无武艺，也愿意跟人决斗证明她是个好王后。

列昂特斯：把她赶出去！

宝琳娜：谁要是向我动一动手，叫他留心着自己的眼珠吧。我要离去的时候自己会去的，可是必须先把我的事情办好。您的好王后，她真是一位好王后，已经给您添下一位公主了。这便是，希望您给她祝福。（将小儿放下）

列昂特斯：出去！大胆的妖妇！把她撵出去！不要脸的老鸨！

宝琳娜：我不是。我不懂你加给我这种称呼的意思。你自己才是昏了头了。我是个正直的女人，正像你是个疯子一样。只要这个世界还存在，我敢说人们会承认这一点。

列昂特斯：你们这些奸贼！你们不肯把她推出去吗？把那野种给她抱出去。（向安提贡纳斯）你这不中用的汉子！你是个怕老婆的，那个母夜叉把你吓倒了吗？把那野种捡起来！对你说，把它捡起来，还给你那头老母羊去。

宝琳娜：要是你屈服了他的暴力，听任他这样称呼孩子，把这孩子捡了起来，你的手便永远是不洁的了！

列昂特斯：他怕他的妻子！

宝琳娜：我希望你也怕你的妻子，那么你一定会把你的孩子认为是亲生的了。

列昂特斯：都是一群奸党！

安提贡纳斯：天日在上，我不是奸党！

宝琳娜：我也不是。谁都不是。这里只有一个人才是，那就是他自己。因为他用比刀剑还厉害的谰言中伤了他自己的、他的王后的、他的有前途的儿子的和他的婴孩的神圣的荣名；可恨的是没有人能够强迫他除去他那种龌龊不堪的猜疑。

列昂特斯：这个长舌的泼妇，刚打过她丈夫，现在却来向我寻事了！这小畜生不是我的，它是波力克希尼斯的孩子。把它拿出去跟那母狗一起烧死了吧！

宝琳娜：她是你的。正像古老的谚语所说，"她这么像你，才真是倒霉！"瞧，列位大人，虽然是副缩小的版子，那父亲的全副相貌，都抄下来了。那眼睛、鼻子、嘴唇、皱眉头的神气，那额角，以至于颊上的可爱的酒窝儿，那笑容、手哪、指甲哪、手指哪，都是一副模子里造出来的。慈悲的自然女神哪！你把她造得这么像她的生身的父亲，但愿你不要让她也有一颗嫉妒的心，否则也许她也要像他一样疑心她的孩子不是她丈夫的儿子呢。

列昂特斯： 好一个蠢俗的妖婆！你这不中用的汉子，你再不让她闭嘴，你也该死。

安提贡纳斯： 要是把在这种工作上无能为力的丈夫们都吊死，那么您恐怕连一个臣子也没有了。

列昂特斯： 我再吩咐一次，把她撵出去！

宝琳娜： 最无道的忍心害理的昏君也不能做出比你更恶的事来。

列昂特斯： 我要把你烧死。

宝琳娜： 我不怕。生起火来的人才是个异教徒，而不是被烧死的人。我不愿把你叫作暴君，可是你对于你的王后这种残酷的凌辱，只凭着自己的一点毫无根据的想象就随便加以诬蔑，不能不说是暴君的行为。它会叫你丢脸，给全世界所耻笑的。

列昂特斯： 你们要是还有一点忠心的话，快给我把她带出去吧！假如我是个暴君，她还活得了吗？她要是真知道我是个暴君，决不敢这样叫我的。把她带出去！

宝琳娜： 请你们不用推我，我自己会走的。陛下，瞧着您的孩子吧，她是您的。上帝多多照顾她！你们用手揪住我做什么？你们眼看他做着傻事而不敢动一动，全都是些没有用处的饭桶！好，好，再见！我们走了。（下）

第二幕　第三场　同前。宫中一室

列昂特斯： 你这奸贼，都是你撺掇你的妻子做出这种把戏来的。我的孩子！把她拿出去！我就吩咐你，你这软心肠的人，去把她立刻烧死！我不要别人，只要你去。快把她抱起来，在这钟点内就来回报，而且一定要拿出证据来，否则你的命和你的财产都要保不住。要是你违抗我的命令，胆敢触怒我的话，那么你说吧，我要用我自己的手亲自摔出这个野种的脑浆来。去，把她丢在火里，因为你的妻子是受了你的怂恿才来的。

安提贡纳斯： 我没有，陛下，这儿的各位大人都可以给我辩白，要是他们愿意。

众臣： 我们可以给他证明，陛下，他的妻子来此和他并不相干。

列昂特斯： 你们都是些说谎话的人。

臣甲： 请陛下相信我们。我们一直都是忠心耿耿地伺候着您，请您不要以为我们会对您不忠。我们跪下来向您请求，看在我们过去和将来忠诚的份上，收回这个旨意，它是这样残酷而可怕，将会有不幸的结果发生，我们都在这儿下跪了。

列昂特斯： 我是一片羽毛，什么风都可以把我吹动。难道我要活着看见这个野种跪在我膝前，叫我作父亲吗？与其将来恨它，还是现在就烧死了的好。可是好吧，就饶了她的命吧，她总不会活下去的。（向安提贡纳斯）你过来。你曾经那么好心地跟你那位老母鸡出力保全这野种的生命——它是个野种，正像你的胡须是灰色的一样毫无疑问——现在你还打算怎样搭救这小东西呢?

安提贡纳斯: 陛下,只要是我的力量所能胜任的合乎正义的事,我便愿意去做。我愿意用我仅剩的一滴血救助无罪的人,只要不是不可能的事。

列昂特斯: 我要叫你做的事并不是不可能的。凭着这柄宝剑,你发誓你愿意执行我的命令。

安提贡纳斯: 我愿意,陛下。

列昂特斯: 那么你小心执行着吧,要是有一点点儿违反我的话,不但你不能活命,就是你那出言不逊的妻子也难逃一死,现在我姑且宽恕了她。你既然是我的臣仆,我命令你把这野女孩子抱出去,到我们国境之外的远远的荒野里丢下,让她死也好活也好。它既然来得那么突然,我们就叫她突然而去。你赶快把她送到一块陌生的地方去,悉听命运的支配;倘不依话去办,你的灵魂就要因破誓而受罪,你的身体也要因违命而被罚。把她抱起来!

安提贡纳斯: 我已经发过誓,只好去做,虽然我宁愿立刻受死刑的处分。来,可怜的孩子,但愿法力高强的精灵驱使鸢隼乌鸦来哺乳你!据说豺狼和熊都曾经脱去了它们的野性,做过这一类慈悲的好事。陛下,您虽然做了这等事,仍旧愿您幸

福吧！可怜的东西，命定要给丢弃的，愿上天祝福你，帮助你抵御这种残酷的命运！（抱儿下）

列昂特斯： 不，我可不能把别人的孩子养大起来。

【一仆人上。

仆人： 启禀陛下，奉旨前去叩求神谕的使者已经在一小时前到了。克里奥米尼斯和狄温已经去过德尔福斯，现在都已登陆，正向宫廷赶来。

臣甲： 陛下，他们这一趟走得出乎意料地快。

列昂特斯： 他们去了二十三天，的确很快。可见得伟大的阿波罗要这事的真相早早明白。各位贤卿，请你们预备起来，召集一次廷议，好让我正式对我这个不贞的女人提出控诉。她既然已经公开被控，就该给她一个公正的公开的审判。她活着一天，我总不能安心。去吧，想着我的命令。（众下）

第三幕

第一场　西西里海口

　　【克里奥米尼斯及狄温上。

克里奥米尼斯： 气候宜人，空气甜美极了，岛上的土壤那样膏腴，庙宇的庄严远过于一切的赞美。

狄温： 给我印象最深的是那种神圣的法服——我想应该这样称呼——和穿着那种法服的庄严的教士那种虔敬的神情。啊，那种祭礼！在献祭的时候，那礼节是多么隆重、严肃而神圣！

克里奥米尼斯： 可是最奇怪的是那神谕的宣示和那种震耳欲聋的声音，正像天神的霹雳一样，把我吓呆了。

狄温： 我们这次的旅程是那么难得，那么可喜，又是那么快捷；要是它的结果能够证明王后的无罪——但愿如此！——那么总算不虚此行了。

克里奥米尼斯： 伟大的阿波罗把一切事情都转到最好的方面！这

种无故诬蔑赫美温妮的诏令真使我不高兴。

狄温：这回残酷的审判会分辨出一个明白来的。等阿波罗神圣的祭司所密封着的神谕宣示出来之后，一定会有出人意料的事向众人宣布。去，换马！希望诸事大吉！（同下）

第二场　西西里。法庭

【列昂特斯、众臣及庭吏等上。

列昂特斯：这次开庭是十分不幸并使我痛心。我们所要审判的一方是国王之女，我的素来受到深恩殊宠的御妻。让我们尽力避免暴虐，因为我们已经按照法律的程序公开进行审判，有罪无罪，总可以见个分晓。带犯人上来。

狱吏：有旨请王后出庭。肃静！

【卫士押赫美温妮上；宝琳娜及宫女等随上。

列昂特斯：宣读起诉书。

狱吏：（读）"西西里贤王列昂特斯之后赫美温妮其敬听！尔与波希米亚王波力克希尼斯通奸，复与卡密罗同谋弑主；迨该项阴谋事泄，复背忠君之义，暗助奸慝，禽夜逃生：揆诸国法，良不可恕。我等今控尔以大逆不道之罪。"

赫美温妮： 我所要说的话，不用说，要跟控诉我的话相反；而能够给我证明的，又只有我自己。因此即使辩白无罪，也是没有多大用处的。我的真诚已经被当作虚伪，那么即使说真话也不能使你们相信。可是假如天上的神明临视着人们的行事，我相信无罪的纯洁一定可以使伪妄的诬蔑惭愧，暴虐将会对含忍颤栗。陛下，我过去的生活是怎样贞洁而忠诚，这是您十分明白的，虽然您不愿意去想它；我现在的不幸是历史上所找不出先例的。我以一个后妃的身份，叨陪着至尊的宝座，一个伟大的国王的女儿，又是一个有前途的王子的母亲，现在却成为阶下之囚，絮絮地讲着生命和名誉，来请求你们垂听。当我估量到生命中所有的忧愁的时候，我就觉得生命是不值得留念的；可是名誉是我所要传给我的后人的，它是我唯一关心的事物。陛下，我请你自问良心，当波力克希尼斯没有来此之前，你曾经怎样眷宠着我，那种眷宠是不是得当；他来了之后，我曾经跟他有过什么礼法所不许的约会，以致失去了你的欢心，而到了今天这等地步。无论在我的行动上或是意志上，要是有一点儿越轨的地方，那么听见我说话的各位，尽可以不必对我宽恕，我的最亲近的人也可以在我的坟墓上羞骂我。

列昂特斯： 我听说，人做了无耻的事不知愧悔，往往还要用加倍的无耻来抵赖。

赫美温妮： 陛下，您的话说得不错，可是那不能应用在我的身上。

列昂特斯： 你还不肯承认。

赫美温妮： 我所没有做的事，别人用诬蔑的手段加之于我的，我当然不能承认。你说我跟波力克希尼斯有不端的情事，我承认我是按照他应得的礼遇，用合于我身份的那种情谊而敬爱着他；那种敬爱正是你命令于我的。要是我不对他表示殷勤，我以为那不但是违反了你的旨意，同时对于你那位在孩提时便那样要好的朋友也未免有失敬意。至于阴谋犯上的事，即使人家预先布置好了叫我尝试一下，我也不会知道那是什么味道。我唯一知道的，卡密罗是一个正直的好人，为什么他要离开你的宫廷，那是即使天神也像我一样全然不知道的。

列昂特斯： 你知道他的出走，也知道你在他们去后要干些什么事。

赫美温妮： 陛下，您说的话我不懂；现在因为你荒诞的念头我却要付出生命。

列昂特斯： 我的念头全是你的所作所为造成的。你跟波力克希尼斯生了一个野种，那也是我的梦吗？你跟那些犯有同样罪行的人都是些无耻的东西，完全不能信赖，愈是抵赖愈显得情真罪确。你那个小东西没有父亲来认领,已经把她丢掉了,她本没有什么罪,罪恶是在你的身上,现在你也该听受我们依法的判决。其中最仁慈的就是死刑。

赫美温妮: 陛下,请不用吓我,你所用来使我害怕的鬼物,正是我所求之不得的。对于我,生命并不是什么可贵的东西。我的生命中的幸福的极致,你的眷宠,已经无可挽回了;因为我觉得它离我而去,但是不知道它是怎样失去的。我的第二个心爱的人,又是我第一次结下的果子,已经被隔绝,无法和我见面,似乎我是一个身染恶疾的人一样。我的第三个安慰生下来便逢厄运,无辜的乳汁还含在她那无辜的嘴里,便从我的胸前夺了去,活生生把她害死。我自己呢,被公开宣布是一个娼妇,无论哪种身份的妇女所享受得到的产褥上的特权,也因为暴力的憎恨而拒绝了我。这还不够,现在我身上没有一点力气,还要把我驱赶到这里来,受风日的侵凌。请问陛下,我活着有什么幸福可言,为什么我要怕死呢?请你就动手吧。可是听着:不要误会我,我不要生命,它在我的眼中不值一根稻草,但我要把我的名誉洗刷干净。假如你根据无稽的猜测把我定罪,一切证据都可以不问,只凭着你的妒心作主,那么我告诉你这不是法律,这是暴虐。列位大人,我把自己信托给阿波罗的神谕,愿他做我的法官!

臣甲：你这请求是全然合理的。凭着阿波罗的名义，去把他的神谕取来。（若干庭吏下）

赫美温妮：俄罗斯的皇帝是我的父亲，唉！要是他活着，在这儿看见他的女儿受审判；要是他看见我这样极度地不幸，但不是用复仇的眼光，而是用怜悯的心情！

【庭吏偕克里奥米尼斯及狄温重上。

庭吏：克里奥米尼斯和狄温，你们愿意按着这柄公道之剑，宣誓说你们确曾到了德尔福斯，从阿波罗大神的祭司手中带来了这通密封的神谕；你们也不曾敢去拆开神圣的钤记，私自读过其中的秘密吗？

克里奥米尼斯、狄温：这一切我们都可以宣誓。

列昂特斯：开封宣读。

庭吏：（读）"赫美温妮洁白无辜；波力克希尼斯德行无缺；卡密罗忠诚不二；列昂特斯者多疑之暴君；无罪之婴孩乃其亲生；倘已失者不能重得，王将绝嗣。"

众臣：赞美阿波罗大神！

赫美温妮：感谢神明！

列昂特斯：你没有念错吗？

庭吏：没有念错，陛下，正是照上面写着的念的。

列昂特斯：这神谕全然不足凭信。审判继续进行。这是假造的。

【一仆人上。

仆人： 吾王陛下，陛下！

列昂特斯： 什么事？

仆人： 啊，陛下！我真不愿意向您报告，小殿下因为担心着娘娘的命运，已经去了！

列昂特斯： 怎么！去了！

仆人： 死了。

列昂特斯： 阿波罗发怒了，诸天的众神都在谴责我的暴虐。（赫美温妮晕过去）怎么啦！

宝琳娜： 娘娘受不住这消息，瞧她已经死过去了。

列昂特斯： 把她扶出去。她不过因为心中受了太多的刺激，就会醒过来的。我太轻信我自己的猜疑了。请你们好生在意把她救活过来。（宝琳娜及宫女等扶赫美温妮下）阿波罗，恕我大大地亵渎了你的神谕！我愿意跟波力克希尼斯复和，向我的王后求恕，召回善良的卡密罗，他是一个忠诚而慈善的好人。我因为嫉妒而失了常态，一心想着流血和复仇，才选中了卡密罗，命他去毒死我的朋友波力克希尼斯。虽然我用死罪来威吓他，用重赏来鼓励他，可是卡密罗的好心肠终于耽误了我的急如烈火的命令，否则这件事早已做出来了。他是那么仁慈而心地高尚，便向我的贵宾告知了我的毒计，牺牲了他在这里的不小的家私，甘冒着一切的危险，把名誉当作唯一的财产。他因为我的锈腐而发出了多少的光明！他的仁善更显得我的行为格外卑鄙！

【宝琳娜重上。

宝琳娜：不好了！唉，快把我的衣带解开，否则我的心要连着它一起爆碎了！

臣甲：这是怎么一回事，好夫人？

宝琳娜：昏君，你有什么酷刑给我预备着？碾人的车轮？脱肢的拷架？火烧？剥皮？炮烙还是油煎？我的每一句话都是触犯着你的，你有什么旧式的、新式的刑具可以让我尝试？你的暴虐无道，再加上你的嫉妒，比孩子们还幼稚的幻觉，九岁的女孩也不会转出这种孩子气的无聊的念头！唉！要是你想一想你已经做了些什么事，你一定要发疯了，全然地发疯了，因为你以前的一切愚蠢，不过是小试其端而已。你谋害波力克希尼斯那不算什么，那不过表明你是个心性反复、忘情背义的傻瓜。你叫卡密罗弑害一个君王，使他永远蒙着一个污名，那也不算什么，还有比这些更重大的罪恶哩。你把你的女儿抛给牛羊践踏，不是死就是活着做一个卑微的人；即使一个魔鬼去干这种事，在干之前他发火的眼睛里也会迸出眼泪来的。我也不把小王子的死直接归罪于你；他虽然那么年轻，他的心地却是过人的高贵,看见他那粗暴痴愚的父亲那样侮辱他贤德的母亲,他的心便碎了。不,这也不是我所要责怪你的,可是最后的一件事——各位大人哪!等我说了出来,大家恸哭起来吧!——王后,王后,最温柔的、最可爱的人儿已经死了,可是还没有报应降到害死她的人的身上!

臣甲: 有这等事!

宝琳娜: 我说她已经死了,我可以发誓。要是我的话和我的发誓都不能使你们相信,那么你们自己去看吧。要是你们能够叫她的嘴唇泛出血色,叫她的眼睛露出光芒,叫她的身上发出温热,叫她的喉头透出呼吸,那么我愿意把你们当作天神一样叩头膜拜。可是你这暴君啊!这些事情你也不用后悔了,因为它们是沉重得不是你一切的悲哀所能拨动的;绝望是你唯一的结局。叫一千个膝盖在荒山上整整跪一万个年头,裸着身体,断绝饮食,永远熬受冬天的风雨的吹打,也不能感动天上的神明把你宽恕。

列昂特斯: 说下去吧,说下去吧。你怎么说都不会太过分的。我该受所有人的最恶毒的责骂。

臣甲: 别说下去了。无论如何,您这样出言无忌总是不对的。

宝琳娜: 我很抱歉,我一明白我所犯的过失,便会后悔。唉!我凭着我的女人家的脾气,太过于放言无忌了。他的高贵的心里已经深受刺伤。已经过去而无能为力的事,悲伤也是没有用的。不要因为我的话而难过;请您还是处我以应得之罪吧,因为我不该把您应该忘记的事向您提醒。我的好王爷,陛下,原谅一个傻女人吧!因为我对于娘娘的敬爱。瞧,又要说傻话了!我不再提起她,也不再提起您的孩子们了。我也不愿向您提起我的拙夫,他也已经失踪。请您安心忍耐,我不再多话了。

列昂特斯: 你说的话都很对。我能够听取这一切真话,你可以不必怜悯我。请你同我去看一看我的王后和儿子的尸体;两人应当合葬在一个坟里,墓碑上要刻着他们死去的原因,永远留着我洗刷不净的耻辱。我要每天一次访谒她们埋骨的教堂,用眼泪挥洒在那边,这样消度我的时间。我要发誓每天如此,直到死去。带我去向他们挥泪吧。(同下)

第三场　波希米亚。沿岸荒乡

【安提贡纳斯抱小儿及一水手上。

安提贡纳斯： 那么你真的相信我们的船已经靠近了波希米亚的边境了吗？

水手： 是的，老爷，我在担心我们上岸得不凑巧，天色很昏暗，怕就要刮大风了。照我看来，上天似乎在发怒，对我们所做的事情表示不满。

安提贡纳斯： 愿上天的旨意完成！你上船去，照顾好你的船。我等会儿就来。

水手： 请您赶紧点儿，别走得太远了。天气多半要变，而且这儿是有名的野兽出没的地方。

安提贡纳斯： 你去吧，我马上就来。

水手： 我巴不得早早脱身。（下）

安提贡纳斯： 来，可怜的孩子。我听人家说死人的灵魂会出现，可是却不敢相信，要是真有那回事，那么昨晚一定是你的母亲出现在我面前，做梦从来没有那样清清楚楚的。我看见一个人向我走来,她的头有时侧在这一边,有时侧在那一边;我从来不曾见过一个满面愁容的人有这样庄严的妙相。她穿着一身洁白的袍服,像个圣人似的走到了我的船舱中,向我鞠躬三次,非常吃力地想说几句话;她的眼睛睁得大大的,像要喷出火来。一阵痛哭之后,便说了这几句话:"善良的安提贡纳斯,命运和你的良心作对,使你成为抛弃我可怜的孩子的人。按照你所发的誓,你要把她丢在一个遥远的地方,波希米亚正是那地方,到那边去,让她自个儿哭泣吧。因为那孩子已经被认为永远遗失了,我请你给她取名为帕笛塔。你奉了我丈夫的命令做了这件残酷的事,你将永远再见不到你的妻子宝琳娜了。"这样说了之后,便尖叫几声,消失不见了。我吓得不得了,立刻定了定心,觉得这是实在的事,不是睡着做梦。梦是不足凭信的,可是这一次我必须小心翼翼地依从着嘱咐。我相信赫美温妮已经给处死了,这确实是波力克希尼斯的孩子,因此阿波罗要我把她放在这里,无论死活,总是归到了她的亲生父亲的国土上。小宝贝,愿你平安!(将小儿放下)躺着吧:这儿放着你的一张字条;这些东西,(放下一个包裹)要是你运气好的话,小宝贝,它可以供给你安身立命。风雨起来了。可怜的东西!为了你母亲的过错,被弃在荒郊,不知道要落得怎样一场结果!我不能哭泣,可是我的心在淌血；因为立过了誓，不得不干这种事，我真是倒霉！别了！天色越变越坏，你多半要听到一阕太粗暴的催眠歌。我从不曾见过白昼的天色会这么阴暗。哪里来的怕人的喧声！但愿我平安上船！一头野兽给人赶到这儿来了，我这回准活不成！（被大熊追下）

【牧人上。

老牧人：我希望十岁和二十三岁之间并没有别的年龄，否则这整段时间里就让青春在睡梦中度了过去吧；因为在这中间所发生的事，不过是叫姑娘们养起孩子来，对长辈任意侮辱，偷东西，打架。你听！除了十九岁和二十二岁之间的那种火爆性子的年轻人，谁还会在这种天气出来打猎？他们已经吓走了我的两头顶好的羊。我担心在它们的东家没有找到它们之前，狼已经先把它们找到了。它们多半是在海边啃着常春藤。好运气保佑我吧！咦，这儿是什么？（抱起小儿）哎呀，一个孩子，一个怪体面的孩子！不知道是个男的还是个女的？好一个孩子，真是一个可爱的孩子。一定是什么私情事儿。虽然我读书不多，可是我也还读过那些大户人家的侍女怎样跟人结识私情的笑话儿：扶梯，箱笼，后门，他们在被窝里生出这孩子可比这个可怜的东西在这里要暖和得多。我要做个好事把它抱起来，可是我还是等我的儿子来了再说吧。他

第三幕 第三场 波希米亚。沿岸荒乡

已经在叫我了。喂！喂！

【小丑上。

小丑： 喂！

老牧人： 咦，你就在这儿吗？要是你想见一件到你身死骨烂的时候还能向人讲起的事情，那么你过来吧。噢，孩子，你为什么难过？

小丑： 我在海上和岸上见到了两件惨事！可是我不能说海上，因为现在天和海之间连根针也插不进去。

老牧人： 什么，孩子，什么事？

小丑： 我希望你也看见那风浪怎样生气，怎样发怒，怎样冲上了海岸！可是那是些不相干的闲话。唉！那些苦人儿们的凄惨的呼声！有时候望得见他们，有时候望不见他们。一会儿船上的大桅顶着月亮，顷刻间就在泡沫里卷沉下去了，正像你把一块软木塞丢在一个大桶里一样。然后又有岸上发生的那回事情，瞧那头熊怎样撕下了他的肩胛骨，他怎样向我喊救命，说他的名字叫安提贡纳斯，是一个贵人。让我先把那只船的事情讲完了。瞧，海水怎样把它一口吞下，可是我们先说那些苦人儿们怎样喊着喊着，海水又怎样拿他们开心；那位可怜的老爷怎样喊着喊着，那头熊又怎样拿他开心。他们喊叫的声音，都比海涛和风声更响。

老牧人： 哎呀！这是什么时候发生的，孩子？

小丑： 现在，现在。我看见这种情形之后还不曾眨一眨眼呢。水底下的人还没有完全冷掉；那头熊还不曾吃掉那位老爷的一半，它现在还在吃呢。

老牧人： 要是给我看见了的话，我一定会搭救那个人的。

小丑： 我倒希望你在船边，搭救那船；你的好心一定站立不稳。

老牧人： 讲正经话！讲正经话！你瞧这儿，孩子。给你自己祝福吧！你看见人家死去，我却看见刚生下来的东西。这看着才够味儿呢！你瞧，袍裙里裹着一位大户人家的孩子！瞧这儿，拿起来，拿起来，孩子，解开来。让我们看。人家对我说神仙会保佑我发财；这一定是神仙丢下来的孩儿。解开来，里面有些什么，孩子？

小丑： 你已经是一个发财的老头子了；要是天老爷不计较你年轻时的罪恶，你可以享福了！金子！完全是金子！

老牧人： 这是仙人的金子，孩子，没有问题的，拿着藏好了。拣近路回家去，回家去！我们很有运气，孩子，倘使要保持这运气，我们必须严守秘密。我的羊就让它去吧。来，好孩子，拣近路回家去。

小丑： 你拿着你发现的东西拣近路回去吧。我先去瞧瞧那熊有没有离开那位老爷，他究竟给吃剩多少。这种畜生只在肚子饿的时候才要发坏脾气。假如他还有一点骨肉剩下,我便把他埋了。

老牧人： 那是件好事。要是你能够从他留下来的东西上看出来他是个什么人,就来叫我,让我看看。

小丑： 好的,你可以帮我把他下土。

老牧人： 今天是个运气的日子,孩子,我们要做些好事才是。

（同下）

第四幕

引子

【致辞人扮时间上。

时间：　　我令少数人欢欣，我给一切人磨难，

　　　　　善善恶恶把喜乐和惊忧一一宣展。

　　　　　让我如今用时间的名义驾起双翩，

　　　　　把一段悠长的岁月跳过请莫指斥：

　　　　　十六个春秋早已默无声息地度过，

　　　　　这其间白发红颜人事有几多变故；

　　　　　我既有能力推翻一切世间的习俗，

　　　　　又何必俯就古往今来规则的束缚？

　　　　　这一段不小的空白就此搁在一旁，

　　　　　各人的遭遇早已在前文交待端详；

　　　　　如今我再要提说全然新鲜的情由，

第四幕 引子

让陈旧的故事闪烁着灿烂的光流:
就像你们突然从睡梦中惊醒过来,
容我向你们把一个新的场面铺开。
列昂特斯悔恨他痴愚的无根嫉妒,
此后便关起门来独自儿闲居思过;
善良的观众,再想象我在波希米亚,
记住国王他有一个儿子在他膝下,
弗罗利泽是这位青年王子的表名。
现在再说帕笛塔,出落得丰秀超群:
她后来的遭际我不必在这儿预报,
时间的消息到时候自会一一揭晓;
现在她认一个牧羊人做她的父亲,
她此后的命运不久时间便会显明。
诸君倘嫌这部戏无聊请不要心焦,
希望你们以后再不受同样的无聊!(下)

第一场 波希米亚。波力克希尼斯宫中一室

【波力克希尼斯及卡密罗上。

波力克希尼斯： 好卡密罗，不要再苛求我了。拒绝你无论什么事都使我难过；可是我若答应你这个要求，那我简直活不下去了。

卡密罗： 我离开我的故国已经十五年了，虽然我已经过惯了异乡的生活，可是我希望能归骨故丘。而且，我的故主已经忏悔，他也召我回去，对于他的痛苦我可能有帮助——我可能有点自夸——但这是催促我回去的另一个原因。

波力克希尼斯： 正因为你是爱我的，卡密罗，不要在现在离开我而把你过去的辛劳都一笔勾消了。你自身的好处使我缺少不了你；与其中途你抛弃了我，倒不如我从来不曾认识你的好。你已经给我筹划了好些除你之外无人可以胜任的工作；要是你不能留在这儿亲自处理，就不得不把你亲手创下的事业带走了。要是我还不曾给你足够的奖励——无论如何总不会过多——那么我会仔细研究如何更好地报答你，这样我会得益更多，我们的友谊将愈益增加。至于那个倒霉的国家西西里，

第四幕　第一场　波希米亚。波力克希尼斯宫中一室

请你不要再提起它了。你一说起那个名字，便会使我忆起了你所说的那位忏罪而已经捐弃了宿怨的王兄而心中难过；他那个珍贵无比的王后和孩子们的惨死，就是现在想起来也会重新恸哭。告诉我，你什么时候看见过我的孩子弗罗利泽王子？国王们有了不肖的儿子，或是有了好儿子随后又失去了，那都是一样的不幸。

卡密罗： 陛下，我已经有三天没有看见王子了。他在做些什么消遣我不知道；可是我注意到他近来不大在宫中，也不像从前那样热心于适合他王子身份的技艺。

波力克希尼斯： 我考虑得很多，卡密罗，很有点放心不下。我让我的耳目注意他的踪迹，据报告，说他老是在一个极平常的牧人的家里。据说那牧人本来很穷，谁也不知道怎么一下子发起横财来了。

卡密罗： 陛下，我也听说过这样一个人。据说他有一个绝世的女儿，她的名声传播得那么远，谁也不曾想到它的来源只是这样一间草屋。

波力克希尼斯： 我也得到这样的报告，可是我怕那便是引诱我儿子到那边去的原因。你陪我去看一下。我们化装，向那牧人探问探问，他那简单的头脑是不难让他说出我的儿子所以到那儿去的缘故来的，请你陪着我进行这一件事，把西西里的

念头搁开了吧。

卡密罗: 敬遵陛下的旨意。

波力克希尼斯: 我最好的卡密罗!我们该去打扮起来。(下)

第二场 同前。牧人村舍附近的大路

【奥托力格斯上。

奥托力格斯: (唱)

当水仙花初放它的娇黄,

嗨!山谷那面有一位多娇;

那是一年里最好的时光,

严冬的热血在涨着狂潮。

漂白的布单在墙头晒晾,

嗨!鸟儿们唱得多么动听!

引起我难熬的贼心痒痒,

有得一壶酒喝胜坐龙庭。

第四幕　第二场　同前。牧人村舍附近的大路

　　　　　　听那百灵鸟的清歌婉丽,

　　　　　　嗨!还有画眉喜鹊的叫噪,

　　　　　　一齐唱出了夏天的欢喜,

　　　　　　当我在稻草上左搂右抱。

　　我曾经伺候过弗罗利泽王子,穿过顶好的丝绒;可是现在已经遭了革逐。

　　　　　　我要为这悲伤吗,好人儿?

　　　　　　惨白的月亮照耀着夜幕;

　　　　　　当我从这儿漫步到那儿,

　　　　　　我总不会走错我的道路。

　　　　　　要是补补锅子也能过活,

　　　　　　背起了那张猪皮的革囊,

　　　　　　我就把宿账交待个明白,

　　　　　　顶枷伏罪再不干这勾当。

　　被单是我的专门生意;有时却也像鹞子搭巢一样,我要捡些零星布屑。我的父亲给我取名为奥托力格斯;他也像我一样水星照命,也是一个专门趁人家不留心,拿些零碎东西的小偷。呼幺喝六,眠花宿柳,到头来换得这一身五花大氅,做小偷是我唯一

的生计。大路上呢,怕被官捉去拷打吊死不是好玩的;后日茫茫,也只有以一睡了之而已。——一桩好买卖上门了!

【小丑上。

小丑: 让我看:每十一头羊可剪出二十八磅羊毛;每二十八磅羊毛可卖一镑几先令;剪过的羊有一千五百只,一共有多少羊毛呢?

奥托力格斯:(旁白)要是网儿摆得稳,这只山鹬一定会给我捉住。

小丑: 没有筹码,我可算不出来。让我看,我要给庆祝剪羊毛的欢宴买些什么东西呢?三磅糖、五磅小葡萄干、米——我这位妹子要米来做什么呢?可是爸爸已经叫她主持这次欢宴,她把事情办得很好。她已经给剪羊毛的、唱歌的和别的人们扎好了二十四扎花束;他们都是很好的人,但大多是唱中音和低音的,可是其中有一个清教徒,和着角笛他便唱圣诗。我要不要买些番红花粉来把梨饼着上颜色?豆蔻壳?枣子?——不要,那不曾开在我的账上,豆蔻仁,七枚;生姜,一两块,可是那我可以去向人讨;乌梅,四磅;再有同样多的葡萄干。

奥托力格斯: 我好苦命呀!(在地上匍匐)

小丑: 哎呀!——

奥托力格斯: 唉,救救我!救救我!替我脱下这身破衣服!然后让我死吧!

第四幕　第二场　同前。牧人村舍附近的大路

小丑：唉，苦人儿！你应当再多穿一些破衣服，怎么反而连这也要脱去了呢？

奥托力格斯：唉，先生！它们让我感到恶心，比之我身上受过的鞭打还叫我难过；我重重地挨了足有几百万下呢。

小丑：唉，苦人儿！打了几百万下可不是玩的呢。

奥托力格斯：先生，我碰见了强盗，还挨了他们的打；我的钱，我的衣服，都给他们抢去了，却把这可厌的东西给我披在身上。

小丑：什么，是一个骑马的？还是步行的？

奥托力格斯：是个步行的，好先生，步行的。

小丑：对了，照他留给你的这身衣服看来，他一定是个脚夫之类；假如这件是骑马人穿的衣服，那么它一定有不少的经历了。把你的手伸给我，让我搀扶着你。来，把你的手给我。（扶奥托力格斯起）

奥托力格斯：啊，好先生，轻一点儿。唷！

小丑：唉，苦人儿！

奥托力格斯：啊！好先生，轻点儿，好先生！先生，我怕我的肩胛骨都断了呢。

小丑：怎么！你站不住吗？

奥托力格斯：轻轻的，好先生。（窃取小丑钱袋）好先生，轻轻的。您做了一件好事啦。

小丑：你缺钱用吗？我可以给你几个钱。

奥托力格斯：不，好先生，不，谢谢您，先生。离这儿不到一里路我有一个亲戚，我就到他那儿去。我可以向他借钱或是别的我所需要的东西。别给我钱，我求您，那会使我不高兴。

小丑：抢了你的是怎样一个人呀？

奥托力格斯：据我所知，先生，他是一个到处跟人打弹子戏的家伙。我知道他从前曾经伺候过王子；后来我确实知道他是给鞭打出宫的，好先生，虽然我不晓得为了他的哪一点好处。

小丑：你应当说坏处。好人是不会被鞭出宫廷的。他们奖励着人们的好处，好让它留在那边；可是很不容易留得住。

奥托力格斯：我应当说坏处，先生。我很熟悉这家伙。他后来曾经做过牵猢狲的，后来又当过官差，后来去演浪子回头的木偶戏，在离开我的住地一里路之内的地方跟一个补锅的老婆结了亲。各种下流的行业做了一桩换一桩，终于做了一个流氓。有人叫他作奥托力格斯。

小丑：他妈的！他是个贼。在教堂落成礼的时候，在市集里，耍熊的场上，常常有他的踪迹。

奥托力格斯：不错，先生，正是他，先生，那就是给我披上这身衣服的流氓。

小丑：波希米亚没有比他再胆小的流氓。你只要摆出一些架势来，

第四幕　第二场　同前。牧人村舍附近的大路

向他脸上啐过去，他就会逃走的。

奥托力格斯： 不瞒您说，先生，我不曾和人打架。在那方面我是全然没用的，我相信他也知道。

小丑： 你现在怎样？

奥托力格斯： 好先生，好得多啦，我可以站起来走了。我应该向您告别，慢慢地走到我的亲戚那儿去。

小丑： 要不要我带着你走？

奥托力格斯： 不，和气脸孔的先生，不，好先生。

小丑： 那么再会吧。我必须去买些香料来准备庆贺剪羊毛的喜宴。

奥托力格斯： 愿你好运气，好先生！（小丑下）你的钱袋可不够你买香料呢。等你们举行剪羊毛的喜宴来，我也要来参加一下。假如我不能在那里再耍一出把戏，叫那些剪羊毛的人自己变成了羊，那就把我从小偷花名册上除名，算作一个规矩人吧。

　　上前走，上前走，脚踏着人行道，

　　　　高高兴兴地越过了关木：

　　　　　心里高兴走整天也不会累倒，

　　　　　愁人走一里也像下地狱。（下）

第三场　同前。牧人村舍前的草地

【弗罗利泽及帕笛塔上。

弗罗利泽： 你这种异常的装束使你身上的每一部分都有了生命，不像是一个牧羊女，而是出现在四月之初的花神了。你们庆贺剪羊毛的喜宴是群神的聚会，而你就是仙后了。

帕笛塔： 殿下，要是我责备您不该打扮得这么古怪，那就是失礼了——唉！恕我，我已经说了出来。您把您尊贵的自身，地上优雅的表记，用田舍郎的装束晦没起来；我这低贱的女子，却装扮作女神的样子。幸而我们这宴会的每一道菜都不缺少一些疯狂的胡闹，宾客们都视为惯例，不以为意，否则我见您这样打扮，仿佛看见了镜中的自己，就难免脸红了。

弗罗利泽： 我感谢我那只好鹰，那次飞过了你父亲的地面！

帕笛塔： 上帝保佑您，这感谢不是全没有理由的吧！在我看来，我们阶级的不同只能引起畏惧；您的尊贵是不惯于畏惧的。就是在现在，我一想起您的父亲也许也像您一样偶然路过这里，就会吓得发抖。天啊！他要是看见他那高贵的大作装订

第四幕 第三场 同前。牧人村舍前的草地

得这么恶劣,将会觉得怎样呢?他会说些什么话?我穿着这种借来的华饰,又怎样抵御得住他的庄严的神气呢?

弗罗利泽: 除了行乐,再不要担心什么。天神也曾经为了爱情,降低了他们的天神的身份而化作禽兽的样子。朱庇特变成公牛作牛鸣;青色的海神涅普图恩变成牡羊学羊叫;穿着火袍的金色的阿波罗,也曾像我现在这样乔装作一个穷寒的田舍郎。他们的化形并不化得比我更美,他们的目的也并不比我更纯洁,因为我的情感和欲望决不会超越我的荣誉和信义。

帕笛塔: 唉!但是,殿下,您一定会遭到王上的反对,那时您的意志就不能不屈服了;结果不是您改变您的主意,就是我改变我的生活。

弗罗利泽: 最亲爱的帕笛塔,请你不要因为这些牵强的念头而扫了宴乐的兴致。要是我不能成为你的,我的美人,那么我就不是我的父亲的;因为假如我不是你的,那么我也不能是我自己的,什么都是无所归属的了。即使命运反对我,我的心是坚决的。高兴些,好人,用你眼前所见的事物把这种思想驱走吧。你的客人们来了,抬起你的脸,就像我们两人约定举行婚礼的那一天一样。

帕笛塔: 命运的女神啊,请你慈悲一些!

弗罗利泽: 瞧,你的客人们来了。活活泼泼地去招待他们,让我

165

们大家开怀欢畅吧。

【牧人偕波力克希尼斯及卡密罗各乔装上;小丑、莫普萨、多卡丝及余人等随上。

老牧人: 哎哟,女儿!我那老婆在世的时候,在这样一天里,她又要料理伙食,又要招呼酒席,又要烹调菜蔬;一面当主妇,一面做佣人。每一个来客都要她欢迎,都要她亲自伺候。又要唱歌,又要跳舞;一会儿在桌子的上首,一会儿在中央;一会儿在这人的肩头斟酒,一会儿又在那人的肩旁,辛苦得满脸火红,自己坐下来歇息喝酒也必须举杯向每个人奉敬。你却躲在一旁,好像你是被招待的贵客,而不是这场宴会的女主人。请你向这两位不相识的朋友表示欢迎,因为这样我们才可以相熟起来,大家做了好朋友。来,别害羞,拿出你的女主人的样子来吧。说呀,欢迎我们来参加你的剪羊毛的庆宴,你的好羊群将会繁盛起来。

帕笛塔: (向波力克希尼斯)先生,欢迎!是家父的意思要我担任今天女主人的职务。(向卡密罗)欢迎,先生!把那些花给我,多卡丝。可尊敬的先生们,这两束迷迭香和芸香是给你们的;它们的颜色和香气在冬天不会消散。愿上天赐福给你们两位,永不会被人忘记!我们欢迎你们来。

波力克希尼斯: 美丽的牧女,你把冬天的花来与我们的年龄相配,

第四幕　第三场　同前。牧人村舍前的草地

倒是很适当的。

帕笛塔：先生，绚烂的季节已经过去，在这夏日的余晖尚未消逝，令人颤栗的冬天还没有到来之际，当令的最美的花卉只有麝香石竹和有人称为自然界的私生儿的斑石竹；我们这村野的园中不曾种植它们，我也不想去采一两枝来。

波力克希尼斯：好姑娘，为什么你瞧不起它们呢？

帕笛塔：因为我听人家说，在它们的斑斓的鲜艳中，人工曾经巧夺了天工。

波力克希尼斯：即使是这样的话，那种改进天工的工具，正也是天工所造成的。因此，你所说的加于天工之上的人工也就是天工的产物。你瞧，好姑娘，我们把一枝善种的嫩枝接在野树上，也许会变成一种木质粗劣而花蕊美艳的植物。这是一种改良自然的艺术，或者可说是改变自然，但那种艺术的本身正是出于自然。

帕笛塔：您说得对。

波力克希尼斯：那么在你的园里多种些石竹花，不要叫它们私生子吧。

帕笛塔：我不愿用我的小锹在地上种下一枝，正如要是我化妆打扮，不愿这位少年称赞它很好，只因为我化妆的模样才希望娶我为妻，由我传宗接代。这是给你们的花儿，浓烈的薄荷、香草；

陪着太阳就寝，流着泪跟他一起起身的万寿菊；这些是仲夏的花卉，我想它们应当给与中年人。欢迎你们。

卡密罗：假如我也是你的一头羊，我可以无须吃草，只用凝视来使我活命。

帕笛塔：唉，别说了吧！您会消瘦到一阵正月的风可以把您吹来吹去的。（向弗罗利泽）现在，我最美的朋友，我希望我有几枝春天的花朵，可以适合你的年纪——还有你，还有你，在你们处女的嫩枝上花儿尚含苞未放。普洛塞庇娜啊！为了现在所需要的花儿，但愿你在惊惶中让它们从狄斯的车上坠下！在燕子尚未归来之前，就已经大胆开放，丰姿招展地迎着三月之和风的水仙花；比朱诺的眼睑，或是美神西塞利娅的气息更为甜美的暗色的紫罗兰；像一般薄命的女郎一样，还不曾看见光明的福玻斯在中天大放荣辉，便以未嫁之身奄然长逝的樱草花；勇武的、皇冠一样的莲香花；以及各种的百合花，包括着泽兰。唉！我不能用这些花朵来给你们扎成花圈；再把它们洒遍你，我的好友的全身！

弗罗利泽：什么！像一具尸体那样吗？

帕笛塔：不，像是给爱情所偃卧游戏的水滩，不是像一具尸体；或者是抱在我怀中的活体，而不是去埋葬的。来，把你们的花儿拿了。我简直像他们在圣灵降临节扮演的牧歌戏里一样

第四幕 第三场 同前。牧人村舍前的草地

放肆了，一定是我这身衣服改变了我的性格。

弗罗利泽： 无论你做什么事，总比已经做过的更为美妙。当你说话的时候，亲爱的，我希望你永远说下去。当你唱歌的时候，我希望你做买卖的时候也是这样唱着，布施的时候也是这样唱着，祈祷的时候也是这样唱着，管理家政的时候也是这样唱着。当你跳舞的时候，我希望你是海中的一朵浪花，永远那么波动着，再不做别的事。你的每一个动作，在无论哪一点上都是那么特殊地美妙；每看到一件眼前的事，都会令人以为不会有更胜于此的了。在每件事情上你都是个女王。

帕笛塔： 啊，道里克尔斯！你把我恭维得太过分了。倘不是因为你的年轻和你的真诚，表示出你确是一个纯洁的牧人的话，我的道里克尔斯，我是很有理由疑心你别有用意的。

弗罗利泽： 我没有可以引起你疑心的用意，你也没有疑心我的理由。可是来吧，请你允许我陪你跳舞。把你的手给我，我的帕笛塔，就像一对斑鸠一样，永不分开。

帕笛塔： 我誓愿如此。

波力克希尼斯： 这是牧场上最美的小家碧玉。在她的每一个动作，每一种姿态上，都有一种比她自身更为高贵的品质。这地方似乎是屈辱了她。

卡密罗： 他对她说了句什么话儿，羞得她脸红起来了。真的，她

可说是田舍的女王。

小丑： 来，奏起音乐来。

多卡丝： 莫普萨，一定是你的情人。好，别忘记嘴里含个大蒜，接起吻来味道好一些。

莫普萨： 岂有此理！

小丑： 别说了，别说了，大家要讲究礼貌。来，奏起来。（奏乐。牧人群舞）

波力克希尼斯： 请问，好牧人，跟你女儿跳舞的那个漂亮的田舍郎是谁？

老牧人： 他们叫他道里克尔斯，他自己夸说他有很好的牧场。我相信他的话，他瞧上去是个老实人。他说他爱我的女儿。我也是这样想。因为就是月亮凝视着流水，也不像他那么痴心：他会立定呆望，就像那是我女儿的眼波一样。老实说吧，从他们的接吻上要分辨出谁更爱谁来，是不可能的。

波力克希尼斯： 她跳舞跳得很好。

老牧人： 她样样都精，虽然我不该这样自夸。要是年轻的道里克尔斯选中了她，她会给他梦想不到的好处的。

【一仆人上。

仆人：（向小丑）啊，大官人！要是你听见了门口的那个货郎儿，你就再不会跟着手鼓和笛子而跳舞了。不，风笛也不能诱动

第四幕 第三场 同前。牧人村舍前的草地

你了。他唱了几支曲调比你数银钱还快,似乎他曾经吃过许多歌谣似的。大家的耳朵都在他的歌儿上生根了。

小丑: 他来得正好,我们应当叫他进来。民歌我是再喜欢不过的了,只要它是用快活的调子唱着悲伤的事,或是用十分伤心的调子唱着很快活的事儿。

仆人: 他有给各色男女的歌儿,没有哪个女服店主会像他那样恰如其分地为每个顾客配上合适的手套。他有最可爱的情歌给姑娘们,难得的是一点不粗俗,那和歌和尾声是这样优雅:"跳她一顿,揍她一顿。"唯恐有什么喜欢讲粗话的坏蛋要趁此开个恶作剧的玩笑,他便叫那姑娘回答说,"喔唷,饶饶我,好人儿!"把他推了开去,这么撇下了他,"喔唷,饶饶我,好人儿!"

波力克希尼斯: 这是一个有趣的家伙。

小丑: 真的,你说的是一个很调皮的家伙。他有没有什么新鲜的货色?

仆人: 他有彩虹上各种颜色的丝带,带纽之多,可以叫波希米亚所有的律师们大批而来也点不清楚;羽毛带、毛绒带、细麻布、细竹布,他把它们一样一样唱着,好像它们都是男神女神的名字呢。他把女人衬衣的袖口和胸前的花样都唱得那么美,你会以为一件女人的衬衣是一个女天使呢。

小丑： 去领他进来，叫他一路唱着来。

帕笛塔： 关照他可不许唱出粗俗的句子来。（仆人下）

小丑： 这种货郎们可瞧不出真有点儿本事呢，妹妹。

帕笛塔： 是的，好哥哥，我再瞧也不会瞧出什么来的。

【奥托力格斯唱歌上。

奥托力格斯：

白布白，像雪花，

黑纱黑，像乌鸦。

一双手套玫瑰香，

假脸罩住俊脸庞。

琥珀项圈琉璃镯，

绣闼生香芳郁郁。

金线帽儿绣肚罩，

买回送与姐儿俏。

烙衣铁棒别针尖，

闺房百宝尽完全，

来买来买快来买，

哥儿不买姐儿怪。

小丑： 要不是因为我爱上了莫普萨，你别想从我手里骗钱去，可是现在我既然爱她爱得着了魔，就不得不买些儿丝带手套了。

莫普萨： 你曾经答应过买来送给我今天穿戴，但现在还不算太迟。

第四幕 第三场 同前。牧人村舍前的草地

多卡丝： 他答应你的一定还不止这些哩。

莫普萨： 他答应你的，都已经给了你了；也许他给你的比他所答应的还要多哩，看你好意思说出来。

小丑： 难道姑娘家就不讲个礼数吗？穿裤子可以当着大家的面吗？你们不可以在挤牛奶的时候、睡觉的时候或是在灶下悄声地谈论你们的秘密，一定要当着众位客人之前唠叨个不住吗？怪不得他们都在那儿交头接耳了。管住你们的舌头，别再多说一句话吧。

莫普萨： 我已经说好了。来，你答应买一条围巾和一双香手套给我的。

小丑： 我不曾告诉你我怎样在路上给人掏了钱去吗？

奥托力格斯： 真的，先生，外面拐子很多呢；一个人总得小心些才是。

小丑： 朋友，你不用担心，在这儿你不会失落什么的。

奥托力格斯： 但愿如此，先生，因为我有许多值钱的东西呢。

小丑： 你有些什么？民歌吗？

莫普萨： 请你买几支儿。我顶喜欢刻印出来的民歌了，因为那样的民歌肯定是真的。

奥托力格斯： 这儿是一支调子很悲伤的民歌，里面讲着一个放债人的老婆一胎生下二十只钱袋来，她怎样净想着吃蛇头和煮

烂的蛤蟆。

莫普萨：你想这是真的吗？

奥托力格斯：再真没有了，才一个月以前的事呢。

多卡丝：保佑我别嫁给一个放债的人！

奥托力格斯：接生婆的名字都在这上头，叫什么造谣言太太，另外还有五六个在场的太太们。我干什么要到处胡说呢？

莫普萨：谢谢你，买了它吧。

小丑：好，把它放在一旁。让我们看还有什么别的歌。别的东西等会儿再买。

奥托力格斯：这儿是另外一支歌，讲到有一条鱼在四月八十日星期三这一天在海岸上出现，离水面二十四万尺以上；它便唱了这支歌打动姑娘们的硬心肠。据说那鱼本来是一个女人，因为不肯跟爱她的人交欢，故而变成一条冷血的鱼。这歌儿十分动人，而且是千真万确的。

多卡丝：你想那也是真的吗？

奥托力格斯：五个法官调查过这件事，证人多得数不清呢。

小丑：也把它放下来。再来一支看看。

奥托力格斯：这是一支轻松的小调，可是怪可爱的。

莫普萨：让我们要几支轻松的歌儿。

奥托力格斯：这才是非常轻松的歌儿呢，它可以用"两个姑娘争风"

这个调子唱。西边一带的姑娘谁都会唱这歌，销路好得很呢，我告诉你们。

莫普萨： 我们俩也会唱。要是你也加入唱，你便可以听我们唱得怎样，它是三部合唱的。

多卡丝： 我们在一个月之前就学会这个调子了。

奥托力格斯： 我可以参加。你们要知道这是我的吃饭本领呢。请唱吧。（三人轮唱）

奥托力格斯： 　　你去吧，因为我必须走，
　　　　　　　　到哪里用不到你追究。

多卡丝： 　　哪里去？

莫普萨： 　　啊！哪里去？

多卡丝： 　　哪里去？

莫普萨： 　　赌过的咒难道便忘掉，
　　　　　　什么秘密该让我知晓？

多卡丝： 　　让我也到那里去。

莫普萨： 　　你到农场还是到磨坊？

多卡丝： 　　这两处全不是好地方。

奥托力格斯： 　　都不是。

多卡丝： 　　咦，都不是？

奥托力格斯： 　　都不是。

多卡丝： 你曾经发誓说你爱我。

莫普萨： 你屡次发誓说你爱我。

究竟你到哪里去？

小丑： 让我们把这个歌儿拣个清静的地方唱完它；我的爸爸跟那两位老爷在讲正经话，咱们别搅扰了他们。来，带着你的东西跟我来吧。两位大姐，你们两人都不会落空。货郎，让我们先挑选。跟我来，姑娘们。（小丑、多卡丝、莫普萨同下）

奥托力格斯： 你要大大地破费呢。（唱）

要不要买些儿时新花边？

要不要镶条儿缝上披肩？

我的小娇娇，我的好亲亲！

要不要买些儿丝线缎绸？

要不要首饰儿插个满头？

质地又出色，式样又时新。

要什么东西请告诉货郎，

钱财是个爱多事的魔王：

人要爱打扮，只须有金银。（下）

【仆人重上。

仆人： 主人，有三个推小车的、三个放羊的、三个看牛的和三个牧

第四幕 第三场 同前。牧人村舍前的草地

猪的,身上都披了毛皮,自己说是什么骚蹄厄尔①的;他们跳的那种舞,姑娘们说全然是一阵乱窜乱跳,因为没有女人参与,可是他们自己却以为他们的舞蹈会使许多人满意,也许只懂得把身子扭两下的那些人会以为他们这种跳法太粗野了。

老牧人: 去!我们不要看他们。粗蠢的把戏已经太多了。先生!我知道我们这种情形一定会叫你们心烦。

波力克希尼斯: 你在叫那些使我们高兴的人心烦呢。请你让我们瞧瞧这三个人一组的四班牧人吧。

仆人: 据他们自己说,先生,其中的三个人曾经在王上面前跳过舞;就是三人中顶不中用的也恰恰会跳十二尺半呢。

老牧人: 别多嘴了。这两位好先生既然高兴,就叫他们进来吧,可是快些。

仆人: 他们就在门口等着呢,主人。(下)

【仆人领十二乡人扮萨特重上。跳舞后同下。

波力克希尼斯:(向老牧人)老丈,慢慢再让你知道吧。(向卡密罗)这是不是太那个了?现在应该去拆散他们了。他是个老实人,讲出了不少东西。(向弗罗利泽)你好,漂亮的牧人!你的心里装满了东西,连宴会也忘记了?真的,当我年轻的时候,

---

① 这里仆人传错了音,应为萨特,即希腊神话中半人半马怪,为林神。

我也像你一样恋爱着,常常送给我的她许多小东西。我会把货郎的绸绢倾筐倒箧地送给她;可是你却让他走了,不做成一点交易。要是你的姑娘误会了,以为这是你不爱她或是器量小的缘故,如果你真心想让她幸福,你可就难于自圆了。

弗罗利泽: 老先生,我知道她不像别人那样看重这种不值钱的东西。她要我给她的礼物,是深深地锁藏在我的心中的,我已经给了她了,可是还不曾正式递交。(向帕笛塔)这位年尊的先生似乎也曾经恋爱过,当着他的面,听我诉说我的心灵吧!我握着你的手,这像鸽毛一样柔软而洁白,像黑人的牙齿,像被北风簸扬过两次的雪花一样白的手。

波力克希尼斯: 还有些什么下文呢?这个年轻的乡下人多么可爱地似乎在洗着那本来已经很美的手!恕我打扰,你说下去吧。让我昕一听你要宣讲些什么。

弗罗利泽: 好,就请您作个见证。

波力克希尼斯: 我这位伙伴也可以听吗?

弗罗利泽: 他也可以,再有别人也可以,所有的人,天地和万物,都可以来为我作见证:即使我戴上了最尊严最高贵的皇冠,即使我是世上引人注目的最美貌的少年,即使我有超人的力量和知识,假如我得不到她的爱情,我也不愿看重它们;它们都是她的臣仆,她可以随意支配它们,如果拒绝她可以贬

第四幕　第三场　同前。牧人村舍前的草地

斥它们沦于永劫。

波力克希尼斯： 说得很好听。

卡密罗： 这可以表示真切的爱悦。

老牧人： 可是，我的女儿，你不会对他也说些什么吗？

帕笛塔： 我不能说得像他那么好；我也没有比他更好一点的意思。用我自己的思想作为例子，我可以看出他的真诚来。

老牧人： 握手吧，交易成功了。不相识的朋友们，你们可以作证：我把我的女儿给了他，她的嫁奁我要使它和他的财产相当。

弗罗利泽： 啊！那该是你女儿自身的德性了。要是有一个人死了，我所有的将为你们梦想所不及，那时再叫你吃惊吧。现在，来，当着这两位证人给我们订婚。

老牧人： 伸出你的手来，女儿，你也伸出手来。

波力克希尼斯： 且慢，汉子。你有父亲吗？

弗罗利泽： 有的。为什么提起他呢？

波力克希尼斯： 他知道这件事吗？

弗罗利泽： 他不知道，也不会知道。

波力克希尼斯： 我想，一个父亲是他儿子的婚宴上最不能缺少的尊客。我再请问你一声，你的父亲已经老悖得作不了主了吗？他是不是一个老糊涂？他会说话吗？他耳朵听得见吗？能不能认识人，谈论自己的事情？他是不是躺在床上爬不起来，

只会做些孩子气的事?

弗罗利泽：不，好先生，以他的年龄而言他还十分健壮呢。

波力克希尼斯：我凭着我的白胡须起誓，真是这样的话，你太不孝了。儿子自己选中一个妻子，这是说得过去的；可是做父亲的一心想望着子孙的好，在这种事情上也参加一点意见，总也是应该的吧。

弗罗利泽：我承认您的话很对。可是，我的尊严的先生，为了别的一些不能告诉您的理由，我不曾让我的父亲知道这回事。

波力克希尼斯：那你就该去告诉他呀。

弗罗利泽：他不能知道。

波力克希尼斯：他一定要知道。

弗罗利泽：不，他一定不能知道。

老牧人：去告诉他吧，我的孩子。他知道了你选了怎样一个妻子，决不会不中意的。

弗罗利泽：不，不，他一定不能知道。来，给我们证婚吧。

波力克希尼斯：给你们离婚吧，少爷。（除去假装）我不敢叫你做儿子呢。你这没出息的东西，我还能跟你认父子吗？堂堂的王储，却爱上了牧羊女！你这老贼，我恨不得把你吊死，可是即使吊死了你，像你这样年纪，也不过缩短了你几天的生命。还有你，美貌的妖巫，你一定早已知道跟你交往的那

第四幕 第三场 同前。牧人村舍前的草地

人是个天潢贵胄的傻瓜——

老牧人： 哎哟！

波力克希尼斯： 我要用荆棘抓破你的美貌，叫你的脸比你的身份还寒伧。讲到你，痴心的孩子，我再不准你看见这丫头的脸了；要是你敢叹一口气，我就把你废为庶人，摈出王族，以后永绝关系。听好我的话：跟我回宫去。（向牧人）蠢东西，你虽然使我大大生气，可是暂时恕过你这遭。（向帕笛塔）妖精，牧猪奴才配做你的汉子！按说他自己降低了身份，本来也是跟你一样贱；可是为着我们的体面，你是不配他的。要是你以后再开你的柴门接他进来，或者再敢去抱住他的身体，我一定要想出一种最残酷的刑具来责打你这弱不禁风的娇躯。（下）

帕笛塔： 虽然一切都完了，我却并不恐惧。不止一次我想要对他明白说：同样的太阳照着他的官殿，也不曾避过了我们的草屋；日光是一视同仁的。殿下，请您去吧。我对您说过会有什么结果的。请您留心着您自己的地位；我现在已经梦醒，可以从此断念了。让我一路挤着羊乳，一路哀泣吧。

卡密罗： 嗷，怎么啦，老丈！在你没有死之前，说句话呀。

老牧人： 我不能说话，也不能思想，更不敢知道我所知道的事。唉，殿下！我活了八十三岁，但愿安安静静地死去，在我的父亲

葬身的地方，跟他正直的骸骨长眠在一块儿，可是您现在把我毁了！替我盖上殓衣的，将要是个行刑的绞手；我的埋骨之处，没有一个牧师会来为我添一铲土。唉，该死的孽根！你知道他是王子，却敢跟他谈情。完了！完了！要是我能够就在这点钟内死去，那么总算死得其时。（下）

弗罗利泽： 你为什么这样看着我？我不过有点悲伤，却并不恐惧；不过受了挫折，却没有变心。本来是怎样，现在仍旧是怎样。因为给拉住了而更要努力向前，不甘心委屈地给人拖了去。

卡密罗： 殿下，您知道您父亲的脾气。这时候他一定不听人家的话。我想您也不会想去跟他说什么，而且我怕他现在也未必高兴见您的面。所以您还是等他的火性退了之后再去见他吧。

弗罗利泽： 我没有这个意思。我想你是卡密罗吧？

卡密罗： 正是，殿下。

帕笛塔： 我不是常常对你说事情会弄到这样的！我不是常常说等到这事一泄露，我就要丢脸了！

弗罗利泽： 你决不会丢脸，除非我背信弃义；那时就让上天把地球的两侧碰了拢来，毁灭掉一切生灵吧！抬起你的脸来。父亲，把我废斥了吧，我是我爱情的后嗣。

卡密罗： 请听劝告吧。

弗罗利泽： 我听从着我的爱情的劝告呢。要是我的理性能服从指挥，

第四幕　第三场　同前。牧人村舍前的草地

那么我是有理性的；否则我的感觉会选择疯闹一下，会向它表示欢迎。

卡密罗： 您这简直是乱来了，殿下。

弗罗利泽： 随你怎样说吧，可是这才可以实现我的盟誓，我必须认为这样做是正当的。卡密罗，我不愿为了波希米亚，或是它的一切荣华，或是太阳所临照、土壤所孕育以及无底的深海所隐藏的一切，而破毁了我向这位美貌的未婚妻所立的誓。所以，我拜托你，因为你一直是我父亲所看重的朋友，当他失去我的时候——不瞒你说，我不预备再见他了——请你好好安慰安慰他；让我自己在未来去和命运抗争吧。我不妨告诉你，你也可以这样对他说，因为在岸上我不能保有她，我要同她到海上去。巧得很，我刚有一艘快船在此，虽然本来并非为着这次的计划。至于我预备采取什么方法，那你无须知道，我也不必告诉你了。

卡密罗： 啊，我的殿下！我希望您不那么固执，可以更多地听到忠告或是更为坚强，以适合您的需要。

弗罗利泽： 听我说，帕笛塔。（拉帕笛塔至一旁。向卡密罗）等会儿再跟你谈。

卡密罗： 他已经下了决心，一定要出走。要是我能在他这回出走上想个计策，一方面偿了我的心愿，一方面帮助他脱去危险，为他尽些力量；让我再看见我亲爱的西西里，和我的渴想见面的不幸的旧君主，那就一举两得了。

弗罗利泽： 好卡密罗，我因为有许多难题要解决，多多失礼了。

卡密罗： 殿下，我想您也听说过我对于您父亲的微末的忠勤吧？

弗罗利泽： 你是很值得尊敬的，我父亲一提起你的功绩，总是极口称赞。他也常常想如何才能补报你。

卡密罗： 好，殿下，要是您愿意认为我是忠心于王上，同时因为忠心于他的缘故，也愿意忠心于和他最关切的人，那就是说您殿下自己，那么请您接受我的指点：假如您那已经决定了的重要的计划可以略加更改的话，我可以指给您将会按着您的身份竭诚接待您的地方；您可以在那边陪您的恋人享着幸福，我知道要把你们拆散是不可能的，除非遭到了毁灭的命运——上帝保佑不会有这种事！您跟她结了婚；这边我可以竭力向您的怫意的父亲劝解，渐渐使他同意。

弗罗利泽： 这简直是奇迹了，卡密罗，怎么可以实现呢？我要相信你不是个凡人，然后才可以相信你的话。

卡密罗： 您有没有想到一个去处？

弗罗利泽： 还没有。可是因为这回事情突如其来，不得不使我们采取莽撞的行动。我们只好听从命运的支配，随着风把我们吹到什么方向。

卡密罗： 那么听我说。要是您立定主意出走，那么到西西里去吧。您可以带着您这位美人去谒见列昂特斯，说她是位公主——我想她肯定是——把她穿扮得适合于做您妻子的身份。我想象得到列昂特斯将会伸出他的宽宏的手臂来，含着眼泪欢迎你，把你当作你父亲本人一样，向你请求饶恕；反复吻着你的娇艳的公主的手，一面忏悔他过去的不仁，一面让眼前的殷勤飞快地愈加增长。

弗罗利泽： 可尊敬的卡密罗，我要用些什么借口来向他说明这次访问呢？

卡密罗： 您说是您父王差遣您来向他问候的。殿下，您要用什么方式去见他，作为您父亲的代表您要向他说些什么话，那些在我们三人间所知道的事情，我都可以给您写下来，指示您每次朝见时所要说的话，他一定会相信您的父亲已经把心腹之事全告诉您了。

弗罗利泽： 我真感谢你。这似乎有些希望。

卡密罗： 比起您那听任着无路可通的大海、梦想不到的岸滨、无可避免的灾祸，没有人能够帮助你，脱了这场险又会遭遇另一场险，除了尽力挽留你们停在你们所厌恶的地方的铁锚而外，再没有可靠之物，总要有把握得多了。而且，您知道幸运是爱情的维系，爱情鲜艳的容色和热烈的心也会因困苦而起变化。

帕笛塔： 你的话只对了一半，我想困苦可以使脸色惨淡，却未必能改变心肠。

卡密罗： 噢，你这样说吗？你父亲的家里，再过七年也生不出像你这样一个人来。

弗罗利泽： 我的好卡密罗，她虽然出身比我们低，她的教养却不比我们差。

卡密罗： 我不能因为她的缺少教育而惋惜，因为她似乎比大多数教育别人的人都更有教养。

帕笛塔： 大人，承您过奖，惭愧得很。

弗罗利泽： 我最可爱的帕笛塔！可是，唉！我们却立于荆棘之上！卡密罗，你曾经救了我的父亲，现在又救了我，你是我们一家人的良药。现在我们将怎样办呢？我既然穿得不像一个波希米亚的王子，到了西西里也没有办法好想。

卡密罗： 殿下，您不用担心。我想您也知道我的财产全在那边。我一定会像关心自己的事一样设法让您穿着得富丽堂皇。譬如说，殿下，让您知道您不会缺少什么——过来我对您说。（三人退一旁谈话）

【奥托力格斯上。

奥托力格斯： 哈哈！"诚实"真是个大傻瓜！它的把兄弟"信任"

第四幕　第三场　同前。牧人村舍前的草地

更是头脑简单。我的一切不值钱的玩意儿全卖光了：担子里空空如也，不剩一粒假宝石，一条丝带，一面镜子，一颗香丸，一枚饰针，一本笔记簿，一首歌曲，一把小刀，一根织带，一双手套，一副鞋带，一只手镯，或是一个明角戒指。他们争先恐后地抢着买，好像我这种玩意儿都是神圣的宝石，谁买了去就会有好福气似的。我就借此看出来谁的袋里像是最有钱。凡是我的眼睛所看见的，我便记在心里备用。我那位傻小子昏头昏脑，听了那些小娘儿们的歌着了迷了，他那猪脚站定了动都不动，一定要把曲谱和歌词全买了去。因此吸引了许多人都到了我身边，只顾着听，别的全忘记了：你尽可以把哪个姑娘的衬裙抽走也无感觉；你要是把那些挂在裤子上的钱袋剪了下来，简直不费吹灰之力。我可以把一串链条上的钥匙都锉下来呢！什么都听不见，什么都不觉得，只顾着我那位大爷的唱歌，津津有味地听那种胡说八道。因此在这种昏迷颠倒的时候，我把他们中间大部分人为着来赶热闹而装满了的钱袋都掏空了；假如不是因为那个老头子连嚷带喊地走来，骂着他的女儿和国王的儿子，把那些秕糠上的蠢鸟都吓走了，我一定会叫他们的钱袋全军覆没。（卡密罗、弗罗利泽、帕笛塔上前）

卡密罗：不，可是用这方法我的信可以和您同时到那边，这便可以消除怀疑。

弗罗利泽： 同时你请列昂特斯王写信为我们斡旋——

卡密罗： 那一定会把您父亲的心劝转来。

帕笛塔： 多谢您！您所说的都是很好的办法。

卡密罗： （见奥托力格斯）谁在这儿？我们也许可以把这人利用利用，有机会总不要放过。

奥托力格斯： （旁白）要是我的话给他们听了去，那么我就该死了。

卡密罗： 喂，好家伙！你干吗这样发抖呀？别怕，朋友，我们并不要为难你。

奥托力格斯： 我是个苦人儿，老爷。

卡密罗： 那么你就是个苦人儿吧，没有人会来偷你，可是我们倒要和你的贫穷的外表做一注交易哩。快脱下你的衣服来吧——你该知道你非脱不可——和这位先生换一身穿戴。虽然他换到的只是一件破旧不值一个子儿的东西，可是还有几个额外的钱给你，你拿了去吧。

奥托力格斯： 我是个苦人儿，老爷。（旁白）我知道你们的把戏。

卡密罗： 哎，请你赶快吧，这位先生已经脱下来了。

奥托力格斯： 您不是开玩笑吧，老爷？（旁白）我有点儿明白这种诡计。

弗罗利泽： 请你快些。

第四幕　第三场　同前。牧人村舍前的草地

奥托力格斯： 您虽然一本正经地给我定钱，可是我的良心告诉我不能拿。

卡密罗： 脱下来，脱下来。（弗罗利泽、奥托力格斯二人换衣）幸运的姑娘，让我对你的预言成为真实吧！你应该拣一簇树木中间躲着，把你爱人的帽子拿去覆住了前额，蒙住你的脸，改变你的装束，竭力隐住自己的原形。路上恐怕眼目很多，免得被人瞧破。

帕笛塔： 看来这本戏里我也要扮一个角色。

卡密罗： 也是没有办法呀。——您已经好了吗？

弗罗利泽： 要是我现在遇见了我的父亲，他不会叫我做儿子的。

卡密罗： 不，这帽子不给你戴。（将帽子给帕笛塔）来，姑娘，来吧。再见，我的朋友。

奥托力格斯： 再见，老爷。

弗罗利泽： 啊，帕笛塔，我们忘了一件事了！来跟你讲一句话。（弗罗利泽、帕笛塔在旁谈话）

卡密罗： （旁白）这以后我便去向国王报告他们的逃亡和行踪，我希望因此可以劝他追赶他们，这样我便可以陪着他再见西西里了，我真像一个女人那样相思着它呢。

弗罗利泽： 幸运保佑我们！卡密罗，我们就此到海边去了。

卡密罗： 一路顺风！（弗罗利泽、帕笛塔及卡密罗各下）

奥托力格斯：我知道这回事情，我听见他们的话。一副好耳朵、一对快眼、一双妙手，这是当扒手所不可缺的；而且还要有一个好鼻子，可以嗅出些机会来。看来现今是小人得势之秋。不加小账，这已经是一桩好交易了，况且还有这样的油水！天老爷今年对我们一定特别宽容，我们尽可以放着手干去。王子自己也就有点靠不大住，拖着绊脚的东西逃离了父亲的身旁。即使我认为向国王报告这消息是一件正当的事情，我也不愿这样干。不去报告本是小人的行径，正合我的本色。走开些，走开些，一个活动的头脑，又可以有些事情做了。每一条街头街尾，每一家店铺、教堂、法庭、刑场，一个小心的人都可以显显他的身手。

【小丑及老牧人上。

小丑：瞧，瞧，你现在弄到什么地步啦！唯一的办法是去告诉国王，她是个拾来的孩子，并不是你的亲生骨肉。

老牧人：不，你听我说。

小丑：不，你听我说。

老牧人：好，那么你说吧。

小丑：她既然不是你的骨肉，你的骨肉就不曾得罪国王；因此他就不能责罚你的骨肉。你只要把你在她身边找到的那些东西，那些秘密的东西，都拿出来给他们看，只除了她的财物。这

第四幕 第三场 同前。牧人村舍前的草地

么一来,我可以担保,法律也不会奈何你了。

老牧人: 我要把一切都去告诉国王,每一个字,是的,还要告诉他他的儿子的胡闹;我可以说他这个人无论对于他的父亲和我都不是个好人,想要把我和国王攀做亲家。

小丑: 不错,你起码也可以做他的亲家;那时你的血就不知道要贵多少钱一两了。

奥托力格斯: (旁白)很聪明,狗子们!

老牧人: 好,让我们见国王去。他见了这包裹里的东西,准要摸他的胡须呢。

奥托力格斯: (旁白)我不知道他们要是这样去说了会怎样阻碍我那主人的逃走。

小丑: 但愿他在宫里。

奥托力格斯: (旁白)虽然我生来不是个好人。有时我却偶然要做个好人。让我把货郎的胡须取下藏好。(取下假须)喂,乡下人!你们到哪儿去?

老牧人: 不瞒大爷说,我们到宫里去。

奥托力格斯: 你们到那边去有什么事?要去见谁?这包裹里是什么东西?你们家住何处?姓甚名谁?多大年纪?有多少财产?出身怎样?一切必须知道的事情,都给我讲出来。

小丑: 我们不过是平常百姓呢,大爷。

奥托力格斯：说谎！瞧你们这种满脸须发蓬松的野相，就知道不是好人。我不要听说谎；只有做买卖的才会说谎，他们老是骗我们军人；可是我们却不给他们吃刀剑，反而用银钱买他们的谎——所以他们也没说谎。

老牧人：大爷，请问您是不是个官？

奥托力格斯：随你们瞧我像不像官，我可真是个官。没看见这身衣服就有十足的官气吗？我穿着这身衣服走路，那样子不是十足的官派吗？你们闻不到我身上的官味道吗？瞧着你们这副贱相，我不是大摆着官架子吗？你们以为我对你们讲话的时候和气了点，动问你们微贱的底细，因此我就不是个官了吗？我从头到脚都是个官，一高兴可以帮你们忙，一发脾气你们就算遭了殃。所以我命令你们把你们的事情说出来。

老牧人：大爷，我是去见国王的。

奥托力格斯：你去见他有什么脚路呢？

老牧人：请您原谅，我不知道。

奥托力格斯：脚路是一句官话，意思是问你有没有野鸡送上去。你说没有。

老牧人：没有，大爷，我没有野鸡，公的母的都没有。

奥托力格斯：我们不是傻瓜的人真幸福！可是谁知道当初造物不会把我也造成他们这种样子？因此我也不要瞧不起他们。

第四幕　第三场　同前。牧人村舍前的草地

小丑：这一定是位大官儿。

老牧人：他的衣服很神气，可是他的穿法却不大好看。

小丑：他似乎因为落拓不羁而格外显得高贵些。我可以担保他一定是个大人物，我瞧他剔牙齿的样子就看出来了。

奥托力格斯：那包裹是什么？里面有些什么东西？那箱子又是哪里来的？

老牧人：大爷，在这包裹和箱子里头有一个很大的秘密，除了国王以外谁也不能知道；要是我能够去见他说话，那么他在这一小时之内就可以知道了。

奥托力格斯：老头子，你白费辛苦了。

老牧人：为什么呢，大爷？

奥托力格斯：国王不在宫里，他已经坐了一只新船出去解闷养息了。要是你这人还算懂事的话，你该知道国王心里很不乐意。

老牧人：人家正是这样说呢，大爷，说是因为他的儿子想要跟一个牧人的女儿结婚。

奥托力格斯：要是那个牧人还不曾给铐起来，还是赶快远走高飞的好。他将要受到的诅咒和刑罚，一定会把人的背膀压断，把妖魔的心碾碎。

小丑：您以为是这样吗，大爷？

奥托力格斯：不但他一个人要大吃其苦，就是跟他有点亲戚关系的，即使疏得相隔了五十层,也逃不了要上绞架。虽然这似乎太残忍些,然而却是应该的。一个看羊的贱东西,居然胆敢叫他的女儿妄图非分!有人说应当用石头砸死他,可是我说这样的死法太惬意了。把我们的君王拉到了羊棚里来!这简直是万死犹有余辜,极刑尚嫌太轻哩。

小丑: 大爷,请问您听不听见说那老头子有一个儿子?

奥托力格斯: 他有一个儿子,要把他活活剥皮,然后涂上蜜,放在胡蜂窠的顶上;等他八分是鬼两分是人的时候,再用火酒把他救活过来,然后拣一个历本上所说的最热的日子,把他那块生猪肉背贴着砖墙上烤,太阳向着正南方蒸晒着他,让他眼看着自己身上给苍蝇下卵而死去。可是我们说起这种奸恶的坏人做什么呢?他们犯了如此大罪,受这种苦难也不妨付之一笑。你们瞧上去像是正直良民,告诉我你们见国王有什么事。你们如果向我孝敬孝敬,我可以带你们到他的船上去,把你们向他引见,悄悄地给你们说句好话。要是国王身边有什么人能够影响你们的请求的话,这个人就在你们的眼前。

小丑: 他瞧上去是个有权有势的人,跟他商量,送给他些金子吧;虽然权势是一头固执的熊,可是金子可以拉着它的鼻子走。把你钱袋里的东西放在他手掌之上,再不用瞎操心了。记住,用石头砸死,活活地剥皮!

第四幕　第三场　同前。牧人村舍前的草地

老牧人： 大爷，要是您肯替我们做这件事情，这儿是我的金子；我还可以去给您拿这么多来，这个年轻人可以留在您这儿权作抵押。

奥托力格斯： 那是说等我做了我所答应的事情以后么？

老牧人： 是的，大爷。

奥托力格斯： 好，就先给我一部分吧。这事情你也有份的吗？

小丑： 略为有点儿份，大爷，可是我的情形虽然很可怜，我希望我不至于给剥了皮去。

奥托力格斯： 啊！那说的是那牧人的儿子呢！这家伙应该吊死，以昭炯戒。

小丑： 打起精神来！我们必须去见国王，给他看些古怪的东西。他一定要知道她不是你的女儿，也不是我的妹妹；我们是全不相干的。大爷，等事情办完之后，我要送给您像这位老头子送给您的一样多，而且照他所说的，在没有去拿来给您之前，我可以把我自己抵押给您。

奥托力格斯： 我可以相信你。你们先到海边去，向右手走。我略为张望张望就来。

小丑： 我们真运气，遇见这个人真运气！

老牧人： 让我们照他的话先去。他真要帮我们的忙。（老牧人、小丑下）

奥托力格斯： 假如我有一颗要做老实人的心，看来命运也不会允许，她会把横财丢到我嘴里来的。我现在有了个一举两得的机会，一方面有钱财到手，一方面又可以向我的主人王子邀功。谁知道那不会使我再高升起来呢？我要把这两只瞎眼的耗子带到他的船上去；假如他以为不妨把他们放回岸上，让他们去向国王告发也没有什么关系，那么就让他因为我的多事而骂我浑蛋吧；那个头衔以及连带着的耻辱，横竖对我都没有影响。我要带他们去见他，也许会有什么事情要见分晓。（下）

第五幕

第一场　西西里。列昂特斯宫中一室

【列昂特斯、克里奥米尼斯、狄温、宝琳娜及余人等同上。

克里奥米尼斯： 陛下，像一个忏悔的圣者一样，您已经伤心得够了。无论怎样的错处，您的忏悔也都已经可以补赎而且有余。请您遵照天意，忘怀了您的罪过，宽恕了自己吧。

列昂特斯： 当我记起她和她的圣德来的时候，我忘不了我自己的罪；我也永远想到我对于自己所铸成的大错，使我的国统失去了嗣续，毁灭了一位人间最可爱的伴侣。

宝琳娜： 真的，一点不错，陛下。要是您和世间的每一个女子依次结婚，或者把所有的女子的美德提出来造成一个完美的女性，也抵不上给您害死的那位那样好。

列昂特斯： 我也是这样想。害死！她是给我害死的！我的确害死了她。可是你这样说，太使我难过了。在你舌头上吐出来的这句话，正像在我心中的一样刻毒。你可以这样说，但少说几次。

克里奥米尼斯： 您别说了吧，好夫人，有上千件更合时宜、更符合您身份的事情可以说呢。

宝琳娜： 你也是希望他再结婚的。

狄温： 要是您不这样希望，那么您未免太不能为王上设身处地想想。假如陛下绝了后嗣，国家将会遇到怎样的危机，连对争夺王位袖手旁观的人也难幸免。还有什么事情比之让先后瞑目地下更为神圣呢？为了王统的恢复，为了目前的安慰和将来的利益，还有什么比再诞生一位可爱的小王子更为神圣的事？

宝琳娜： 想到已经故世了的王后，那么世上没有人有资格继承她了。而且神们也一定要实现他们秘密的意旨；神圣的阿波罗不是曾经在他的神谕里说过，列昂特斯在不曾找到他的失去的孩子之前，将不会有后裔？这种事情照我们凡人的常理推想起来，正像我的安提贡纳斯会从坟墓里出来一样不可能，我相信他是一定和那婴孩死在一起了。可是你们却要劝陛下违反天意。（向列昂特斯）不要担心后嗣，王冠总会有人戴的。亚力山大大帝把他的王位传给功德最卓著的人，他的继位者因此是最好的贤人。

列昂特斯： 好宝琳娜，我知道你忘不了赫美温妮的贤德。唉！要

第五幕　第一场　西西里。列昂特斯宫中一室

是我早听你的话就好了！那么即使在现在，我也可以正视着我的王后的双眼，从她的唇边领略着仙露的滋味。

宝琳娜： 那是取之不竭的。当您离开之后，它会变得愈加富裕。

列昂特斯： 你说得对。佳人难再得，我也不愿再娶了。要是娶了一个不如她的人，却受到胜如她的待遇，一定会使她在天之灵不安，她将重新以肉身出现在罪恶的人间，而责问着，"为什么对我那样？"

宝琳娜： 要是她有那样力量，她是很有理由这样做的。

列昂特斯： 是的，而且她要引动我杀害了我所娶的那人。

宝琳娜： 假如是我，我一定会这样的。要是我是那现形的鬼魂，我要叫你看着她的眼睛，告诉我你为了她哪一点不足取的地方而选中了她；然后我要尖声呼叫，你的耳朵也会听到，于是我要说，"记着我吧！"

列昂特斯： 她的眼睛是闪烁的明星，别的眼睛都是消烬的寒煤！不用担心我会再娶，我不会再娶的，宝琳娜。

宝琳娜： 您愿意发誓说不得到我的许可，决不结婚吗？

列昂特斯： 决不，宝琳娜，祝福我的灵魂！

宝琳娜： 那么，各位大人，为他的立誓请作见证。

克里奥米尼斯： 你逼他逼得太过分了。

宝琳娜： 除非他的眼睛将会再看见一个就像赫美温妮的画像那样

跟她相像的人。

克里奥米尼斯： 好夫人——

宝琳娜： 我已经说好了。可是，假如陛下要结婚的话——假如您要，陛下，那也没有办法，只好让您结婚——可是允许我代您选一位王后。她不会像先前那位那样年轻；可是一定会和先后一模一样，就像她的幽灵出现一般。看着您把她抱在怀里，那一定会叫人高兴。

列昂特斯： 我的忠实的宝琳娜，你不叫我结婚，我就不结婚。

宝琳娜： 等您的第一位王后复活的时候您就可以结婚。

【一侍从上。

侍从： 启禀陛下，有一个自称为波力克希尼斯之子，名叫弗罗利泽王子的，带着他的夫人，要来求见。他的夫人是一位我平生所见的最美的美人。

列昂特斯： 他随身带些什么人？他来得不大合于他父亲的那种身份。照这样轻骑简从，又是那么突然的样子看起来，一定不是预定的访谒，而是出于偶然。他的随从是什么样子的？

侍从： 很少，也不大像样。

列昂特斯： 你说他的夫人也同来吗？

侍从： 是的，我想她是灿烂的阳光所照射到的举世无双的美人。

宝琳娜： 唉，赫美温妮！"现在"总是夸说它自己胜于比它更

第五幕　第一场　西西里。列昂特斯宫中一室

好的"过去",因此泉下的你也必须让眼前的人掩去你的光荣了。先生,你自己曾经亲口说过,亲手写过这样的句子,"她是空前绝后的";你曾经这样歌颂过她的美貌,可是现在你的文字已经比给你歌咏的那人更冷了。你怎么好说你又见了一个更好的呢?

侍从： 饶恕我,夫人。那一位我差不多已经忘了——饶恕我——现在的这一位要是您看见了,您一定也会称赞的。这一个人儿,要是她创始了一种新的教派,准会叫别派的信徒冷却了热诚,所有的人都会皈依她。

宝琳娜： 什么!女人可不见得跟着她吧?

侍从： 女人爱她,因为她是个比无论哪个男人更好的女人；男人爱她,因为她是一切女人中的最稀有者。

列昂特斯： 去,克里奥米尼斯,你带着你的高贵的同僚们去把他们迎接进来。可是那总是一件怪事,(克里奥米尼斯与若干大臣及侍从同下)他会这样悄悄儿溜到我们这儿来。

宝琳娜： 要是我们那位宝贝王子现在还活着,他和这位殿下一定是很好的一对呢。他们的出世相距不满一个月。

列昂特斯： 请你别说了!你知道一提起他,又会使我像当时一样难过起来。你这样说了,我一看见这位贵宾,便又要想起可以使我发狂的旧事。他们来了。

【克里奥米尼斯偕弗罗利泽、帕笛塔及余人等重上。】

列昂特斯： 王子,你的母后是一位忠贞的贤妇,因为她在怀孕你的时候,全然把你父王的形象铸下来了。你那样酷肖你的父亲,跟他的神气一模一样,要是我现在还只是二十一岁,我一定会把你当作了他,叫你一声王兄,跟你谈一些我们从前的浪漫事儿。欢迎!欢迎!还有你,天仙一样美貌的公主!——唉!我失去了一双人儿,要是活在世上,一定也会像你们这一双佳偶那样令人惊叹;于是我又失去了——都是我的愚蠢!——你贤明父王的友谊,我宁愿遭受困厄,只要能再见他一次面。

弗罗利泽： 奉了他的命,我才到这西西里来,向陛下转达友谊的问候。倘不是因为年迈无力,他渴望亲自渡过了间隔着两国的山河而来跟陛下谋面。他吩咐我多多拜上陛下,他说他对您的友情是远胜于一切王位的尊荣的。

列昂特斯： 啊,我的王兄!我对你的负疚又重新在我的心头搅动了。你这样无比的殷勤,使我惭愧我的因循的疏慢。像大地欢迎春光一样,我们欢迎你的来临!他也忍心让这位无双的美人冒着大海的风波,来问候一个她不值得这样奔波来问候的人吗?

弗罗利泽： 陛下,她是从利比亚来的。

列昂特斯： 就是那位高贵的勇武的斯曼勒斯在那里受人慑服敬爱

第五幕 第一场 西西里。列昂特斯宫中一室

的利比亚吗?

弗罗利泽: 陛下,正是从那边来的,她便是他的女儿,从那边含泪道别。赖着一帆善意的南风,我们从那边渡海而来,执行我父王的使命,来访问陛下。我华贵的侍从我已经在贵邦的海岸边遣走,叫他们回到波希米亚去,禀复我在利比亚的胜利,以及我和贱内平安到此的消息。

列昂特斯: 但愿可赞美的天神扫清了我们空气中的毒氛,当你们耽搁在敝国的时候!你有一位可敬的有德的父亲,我很抱歉对他负着罪疚,为此招致了上天的恼怒,罚我没有后裔;你的父亲却因为仁德之报,天赐给他你这样一个好儿子。要是我也有一双儿女在眼前,也像你们一样俊美,那我将要怎样快活哩!

【一大臣上。

大臣: 陛下,倘不是因为证据就在眼前,您一定不会相信我所要说的话。敝君波希米亚王命我代向陛下致意,请陛下就把他的儿子逮捕;他不顾自己的尊严和责任,和一个牧人的女儿逃出了父亲的国土,使他的父亲对他大失所望。

列昂特斯: 波希米亚王在哪里?说呀!

大臣: 就在此间陛下的城里,我刚从他那儿来。我说的话有点混乱,因为我的惊奇和我的使命把我搅昏了。正当他向陛下的官廷

行来，似乎他的目的是要追拿这一对佳偶，在路上他遇见了这位冒牌公主的父亲和她的哥哥，他们两人都离乡背井跟这位年轻王子同来。

弗罗利泽： 我上了卡密罗的当了；他的声誉和正直至今一直经受住了考验。

大臣： 都是他出的主意，他陪着您的父王同来的。

列昂特斯： 谁？卡密罗？

大臣： 卡密罗，陛下，我跟他交谈过，他现在正在盘问这两个苦人儿。我从来不曾见过可怜的人们发抖到这样子，他们跪着，头碰着地，满口的赌神发咒。王上根本不听他们的乞求，恐吓要用酷刑惩罚他们。

帕笛塔： 唉，我的可怜的父亲！上天差了密探来侦察我们，不愿成全我们的好事。

列昂特斯： 你们已经结了婚吗？

弗罗利泽： 我们还没有，陛下，而且大概也没有希望了。星光先照山谷，命运的残酷是不择高下的。

列昂特斯： 贤侄，这是一位国王的女儿吗？

弗罗利泽： 假如她成为我的妻子以后，她便是一位国王的女儿。

列昂特斯： 从令尊匆忙赶来看起来，这"假如"恐怕要等好久吧。我很遗憾你已经失去了他的欢心；我也很遗憾你的意中人的身份与美貌不相称，不配做你合适的配偶。

弗罗利泽： 亲爱的，抬起头来。命运虽然明明白白是我们的敌人，驱使我的父亲来追赶我们，可是她却全无能力来改变我们的爱情。陛下，您跟我一样年纪的时候，如果您能想起那时的您和现在的我所感到的爱情，便是我的行事的辩护。只要您肯向我的父亲说句话，任是怎样宝贵的东西，他都会看作戋戋小物而答应给您的。

列昂特斯： 要是他真会这样，那么我要向他要求你这位宝贵的姑娘，被他所看作戋戋小物的。

宝琳娜： 陛下，您的眼睛里有太多的青春。在娘娘未死之前，她是更值得受您这样注视的。

列昂特斯： 我在作这样注视的时候，心里就在想起她。（向弗罗利泽）可是我还没有回答你的请求。我可以去见你的父亲，你的地位不会因你的感情而颠覆。我是你们两方面的朋友，现在我就去见他。跟我来，瞧我能取得什么结果。来，王子。

（同下）

第二场　同前。宫前

【奥托力格斯及侍从甲上。】

奥托力格斯： 请问你，先生，这次的谈话你也在场吗？

侍从甲： 打开包裹的时候我也在场，听见那老牧人说当时他怎样发现它的。他的话引起了一些惊异，以后我们便都奉命退出宫外，好像只听见那牧人说他发现了那孩子。

奥托力格斯： 我真想知道后来的情形。

侍从甲： 我只能零零碎碎地报告一些，可是我看见国王和卡密罗的脸色都变得十分惊奇。他们面面相觑，简直像要拉下彼此的眼皮似的。在他们的静默里含着许多话语；他们的姿势充满了意义。他们瞧上去似乎是听见了一个世界赎回或是灭亡的消息。他们的脸上可以看出有一种惊奇的感情；可是即使观察最灵敏的人倘使不曾知道前因后果，一定辨不出那意义究竟是欢喜还是伤心。但那倘不是极端的欢喜，一定是极端的伤心。

【侍从乙上。】

第五幕 第二场 同前。宫前

侍从甲：这儿来的这位先生也许知道得更详细一些。什么消息，洛哲罗？

侍从乙：喜事喜事！神谕已经应验，国王的女儿已经找到了。在这点钟内突然发生的许多奇事，编歌谣的人一定描写不出来。

【侍从丙上。

侍从乙：宝琳娜夫人的管家来了，他可以告诉你更详细的情形。事情怎样啦，先生？这件据说是真的消息太像一段故事，叫人难以置信。国王找到了他的后嗣了吗？

侍从丙：照情形看起来是千真万确的。听着那样凿凿可靠的证据，简直就像亲眼看见一样。赫美温妮王后的罩衫，挂在孩子头颈上的她的珠宝，安提贡纳斯的亲笔书信，那姑娘跟她母亲那么相像的一副华贵的相貌，她的天然的高贵，以及其他许多的证据，都证明她肯定是国王的女儿。你有没有看见两位国王见面的情形？

侍从乙：没有。

侍从丙：那么你错过了一场只可以目击不可以言述的情景了。一桩喜事上再加一桩喜事，使他们悲喜交集，老泪横流。他们大张着眼，紧握着手，脸上昏惘的神情，简直使人不认识他们了。我们的王上因为找到了他的女儿而欢喜得要跳起来，乐极生悲，他只是喊着："啊，你的母亲！你的母亲！"于是向波希米亚求恕，于是拥抱他的女婿，于是又搂着他的女儿，一会儿又向立在一旁像一尊年深日久的石头人一样的牧羊老人连声道谢。我从来不曾听见过这样的遭遇，简直叫人话都来不及说，描摹都描摹不出来。

侍从乙： 请问把孩子带出去的那个安提贡纳斯下落如何？

侍从丙： 像一个老故事一样，不管人家相信不相信，要不要听，故事总是说不完的。他给一头熊撕碎了，这是那牧人的儿子说的。瞧他的俊样子不像是个会说谎话的，何况还有安提贡纳斯的手帕和戒指，宝琳娜认得是他的。

侍从甲： 他的船和他的从人呢？

侍从乙： 那船就在他们的主人送命的时候遇难了，这是那牧人看见的；因此一切帮着把这孩子丢弃的工具，在孩子给人发现的时候，便都灭亡了。可是，唉！那时宝琳娜心里是多么悲喜交集！她的一只眼睛因为死了丈夫而黯然低垂，另一只眼睛又因为神谕实现而欣然扬举。她把公主抱了起来，紧紧地把她拥在怀里，似乎怕再失去她。

侍从甲： 这一场庄严的戏剧值得君王们的观赏，因为扮演者正是这样高贵的人。

侍从丙： 最动人的是当讲起王后奄逝的时候，国王慨然承认他的过失，痛悼她的死状；他的女儿全神贯注地听着，她的脸色

第五幕 第二场 同前。宫前

越变越惨,终于一声长叹,我觉得她的眼泪像血一样流下来,因为那时我相信我心里的血也像眼泪一样在奔涌。在场的即使是心肠最硬的人,也都惨然失色;有的晕了过去,没有人不伤心。要是全世界都看见这场情景,整个地球都会罩上悲哀的。

侍从甲：他们回到宫里去了吗？

侍从丙：不,公主听说宝琳娜家里藏着一座她母亲的雕像,那是意大利名师裘里奥·罗曼诺费了几年辛苦新近才完成的作品,那真是巧夺天工,简直就像她活过来的模样。人家说只要一见了这座雕像,谁都会向她说话并等着她的回答。她们已经怀着满心的渴慕,前去瞻仰了,预备就在那儿进晚餐。

侍从乙：我一直猜想她那边有什么重大的事情,因为自从赫美温妮死了之后,她每天总要悄悄地到那间隐僻的屋子里去两三次。我们也到那边去大家助助兴好不好？

侍从甲：要是能够进去,谁不愿意去？眨一眨眼睛便有新的好事出来；我们去大可以添一番见识。走吧。（侍从甲、乙、丙同下）

奥托力格斯：倘不是因为我过去的名气不好,现在准可以升官发财了。我把那老头子和他的儿子带到了王子的船上,禀告他说我听见他们说起一个什么包裹,如此如此,这般这般；可是他在那时太爱那个牧人的女儿了——他那时以为她真是个牧人的女儿——她有点儿晕船，他也不大舒服，风浪继续不停，这秘密终于没有揭开。可是那对于我都是一样，因为即使我是发现这场秘密的人，因为我的别种坏处，人家也不会赏识我。这儿来的是两个我无心给了他们好处的人，瞧他们已经神气起来了。

【牧人及小丑上。

老牧人： 来，孩子，我是已经不能再添丁了，可是你的儿子女儿，一生下来就是个上等人了。

小丑： 朋友，咱们遇见得很巧。那天你不肯跟我打架，因为我不是个上等人。你有没有看见我这身衣服？说你看不见，仍旧以为我不是个上等人吧，或者你还说这身衣服不是上等人的。你说我说谎，你说，咱们来试试看我现在究竟是不是个上等人。

奥托力格斯： 少爷，我知道您现在是个上等人了。

小丑： 噢，我已经做了四个钟头的上等人了。

老牧人： 我也是呢，孩子。

小丑： 你也是的。可是我比我爸爸先是个上等人：因为国王的儿子握着我的手，叫我舅兄，于是两位王爷叫我的爸爸作亲家；于是我的王子妹夫叫我的爸爸作岳父，我的公主妹妹叫我的爸爸作父亲，于是我们流起眼泪来，那是我们第一次流上等人的眼泪。

第五幕 第二场 同前。宫前

老牧人：我们活下去还要流许许多多上等人的眼泪呢，我儿。

小丑：噢，否则才是横财不富穷命人哩。

奥托力格斯：少爷，我低声下气地恳求您饶恕我一切冒犯您少爷的地方，在殿下那儿给我说句好话。

老牧人：我儿，你就答应了他吧，因为我们现在是上等人了，应该宽宏大量一些。

小丑：你愿意改过自新吗？

奥托力格斯：是的，告少爷。

小丑：让我们握手。我愿意向王子发誓说你在波希米亚是个再规矩不过的好人。

老牧人：你说说不妨，可不用发誓。

小丑：现在我已经是个上等人了，不用发誓吗？让那些下等人乡下人去空口说白话吧，我是要发誓的。

老牧人：假如那是假的呢，我儿？

小丑：假如那是假的，一个真的上等人也该为他的朋友而发誓。我一定要向王子发誓说你是个很勇敢的人，你不喝酒，虽然我知道你不是个勇敢的人，而且你要喝酒的；可是我却要这样发誓，而且我希望你会是个勇敢的人。

奥托力格斯：少爷，我一定尽力不辜负您的期望。

小丑：噢，无论如何你要证明你自己是个勇敢的人。要是我奇怪不是个勇敢的人怎么敢喝酒,你就不用相信我好了。听!各位王爷们,我们的亲戚,都去瞧王后的雕像去了。来,跟我们走,我们一定可以做你的好靠山。(同下)

第三场　同前。宝琳娜府中的礼拜堂

【列昂特斯、波力克希尼斯、弗罗利泽、帕笛塔、卡密罗、宝琳娜、众臣及侍从等上。

列昂特斯: 可敬的善良的宝琳娜啊,你给了我多大的安慰!

宝琳娜: 啊,陛下,我虽然怀着满腔的愚诚,还不曾报效于万一,一切的微劳您都已给我补偿。这次又蒙您许可,同着友邦的元首和两位缔结同心的储贰光临蓬荜,真是天大的恩宠,终身都难报答的。

列昂特斯: 啊,宝琳娜!我们不过来打扰你而已。可是我来是要看一看我的先后的雕像。我已经浏览过你的收藏,果然是琳琅满目,可是却还没有瞧见我的女儿专诚来此的目的物,她母亲的雕像呢。

第五幕　第三场　同前。宝琳娜府中的礼拜堂

宝琳娜： 她活着的时候是绝世无双的；她身后的遗像，我相信一定远胜于你们眼中所曾见到，或者人手所曾制作的一切，因此我才把它独自另放在一处。它就在这儿，请你们准备着观赏一幅逼真的雕像，睡眠之于死也没有这般酷肖。瞧着赞美吧。（拉开帏幕，赫美温妮如雕像状赫然呈现）我喜欢你们的静默，因为它更能表示出你们的惊奇；可是说吧——陛下，您先说，它不有点儿像吗？

列昂特斯： 她的自然的姿势！骂我吧，亲爱的石像，好让我相信你真的便是赫美温妮；可是你不骂我也使我觉得你真的是她，因为她是像赤子一样温柔，天神一样慈悲的。可是宝琳娜，赫美温妮脸上没有那么多的皱纹，并不像这座雕像一样老啊。

波力克希尼斯： 啊！并不像这么老。

宝琳娜： 这格外见得雕刻师的手段，预料到十六年后的今日，而雕出了假如她现在还活着的形貌。

列昂特斯： 她本该给我许多安慰的，现在却让我瞧着伤心。唉！当我最初向她求爱的时候，她正也是这样立着，带着这样庄严的神情和温暖的生命，如同她现在这般冷然立着一样。我好惭愧！那石头不在责备我比它心肠更硬吗？啊，高贵的杰作！在你的庄严里有一种魔术，提起了我过去的罪恶，使你那孺慕的女儿和你一样化石而呆立了。

帕笛塔： 允许我，不要以为我崇拜偶像，我要跪下来求她祝福我。亲爱的母后，我一出世你便死去，让我吻一吻你的手吧！

宝琳娜： 啊，耐心些！雕像新近塑好，色彩还不曾干哩。

卡密罗： 陛下，您把您的伤心看得太认真了，十六个冬天的寒风也不能把它吹去，十六个夏天的烈日也不能使它干涸，欢乐是从没有这么经久的；任何悲哀也早就自生自灭了。

波力克希尼斯： 我的王兄，让惹起这一场不幸的人分担着你的悲哀吧。

宝琳娜： 真的，陛下，要是我早想到我这座小小的石像会使您这样感动，我一定不会给您看的。

列昂特斯： 别拉下帏幕！

宝琳娜： 您再看着它，就要以为它是会动的了。

列昂特斯： 别动！别动！我死也不会相信她已经不在了——谁能造出这么一件神工来呢？瞧，王兄，你不以为她在呼吸吗？那些血管里面不真地流着血吗？

波力克希尼斯： 妙极了！她的嘴唇上似乎有着温暖的生命。

列昂特斯： 艺术的狡狯使她不动的眼睛在我们看来似乎在转动。

宝琳娜： 我要把帏幕拉下了。陛下出神得就要以为她是活的了。

列昂特斯： 啊，亲爱的宝琳娜！让这种念头跟我二十年吧。没有一种清明的理智比得上这种疯狂的喜乐。让它去。

第五幕 第三场 同前。宝琳娜府中的礼拜堂

宝琳娜： 陛下！我很抱歉这样触动了您的心事，可是我还能够再给您一些痛苦。

列昂特斯： 好的，宝琳娜，因为这种痛苦像抚慰一样甜。可是我仍然觉得她的嘴里在透着气；哪一把好凿子会刻得出气息来呢？谁也不要笑我，我要吻她。

宝琳娜： 陛下，您不能！她嘴上的红润还没有干燥，吻了之后要把她弄坏了，那油漆还要弄脏了您的嘴唇。我把帏幕拉下了吧？

列昂特斯： 不，二十年也不要下帏幕。

帕笛塔： 我可以站整整的二十年瞧着她。

宝琳娜： 好了吧，立刻离开这座礼拜堂，否则准备着更大的惊异吧。要是你们有胆子瞧着，我可以叫这座雕像真的动起来，走下来握住你们的手；可是那时你们一定会以为我有妖法相助，那我可绝对否认。

列昂特斯： 无论你能够叫她做些什么动作，我都愿意瞧着；无论你叫她说什么话，我都愿意听着。倘使能够叫她动，那么一定也能叫她说话。

宝琳娜： 你们必须唤醒你们的信仰，然后大家静立。倘有谁以为我行的是犯法的妖术，他们可以走开。

列昂特斯： 进行你的法术吧，谁都不准走动一步。

215

宝琳娜： 音乐，奏起来，唤醒她！（音乐）是时候了，下来吧，不要再做石头了。过来，让瞧着你的众人大吃一惊。来，我会把你的坟墓填塞，转动你的身体，走下来吧，别默不作声了，因为你已经从死里重新得到了生命。你们瞧她已经动起来了。（赫美温妮走下）别怕，我的法术并非左道，她的行动是神圣的。不要见她惊避，否则她将再次死去；那时你便是第二次把她杀害了。哎，伸出你的手来，当她年轻的时候，你曾经向她求爱；如今她老了，她却成为求爱的人！

列昂特斯： （抱赫美温妮）啊！她是温暖的！假如这是魔术，那么让它是一种和吃饭一样合法的技术吧。

波力克希尼斯： 她抱着他！

卡密罗： 她攀住他的头颈！假如她是活的，那么让她开口吧。

波力克希尼斯： 是的，讲讲她一向住在哪里，怎样会死而复生。

宝琳娜： 要是告诉你们她还活着，那一定会被你们斥为无稽之谈；可是好像她确实活着，虽然还没有开口说话。再瞧一下吧。请你走过去，好姑娘，跪下来求你的母亲祝福。转过身来，娘娘，我们的帕笛塔已经找到了。（帕笛塔跪于赫美温妮前）

赫美温妮： 神们，请下视人间，降福于我的女儿！告诉我，我的宝贝，你是在哪里遇救的？你在什么地方过活？怎样会找到你父亲的宫廷？因为宝琳娜告诉我，说按照着神谕，你或者尚在人世，因此才偷生到现在,希望见到有这一天。

宝琳娜: 那以后再说吧,免得他们都用同样的叙述来使你心烦。一块儿去吧,你们这辈命运的骄儿;你们的欢喜已经传到了每个人身上了。我,一只垂老的孤鸽,将去拣一株枯枝栖息,哀悼着我那永不回来的伴侣,直至死去。

列昂特斯: 啊!别这样说,宝琳娜!你已经允许给我一个妻子,我也要允许给你一个丈夫;这是我们约定在先的。你已经给我找到了我的妻子,可是我却不懂得事情的究竟;因为我觉得我明明看见她已经死了,好多次在她的墓前做过徒然的哀祷。我不必给你远远地找一位好丈夫,我有几分知道他的心。来,卡密罗,握着她的手;你的德行和正直为众人所仰望,并且由我们这一对国王为他证明了。我们走吧。啊,瞧我的王兄!我恳求你们两位原谅我卑劣的猜疑。这个王子是你的女婿,上天替你的女儿作成了这件好事。好宝琳娜,给我们带路,一路上我们大家可以互相畅叙这许多年来的契阔。快走。

(众下)